ふたりのスケーター

ノエル・ストレトフィールド［著］／中村妙子［訳］

Skating Shoes　Noel Streatfeild

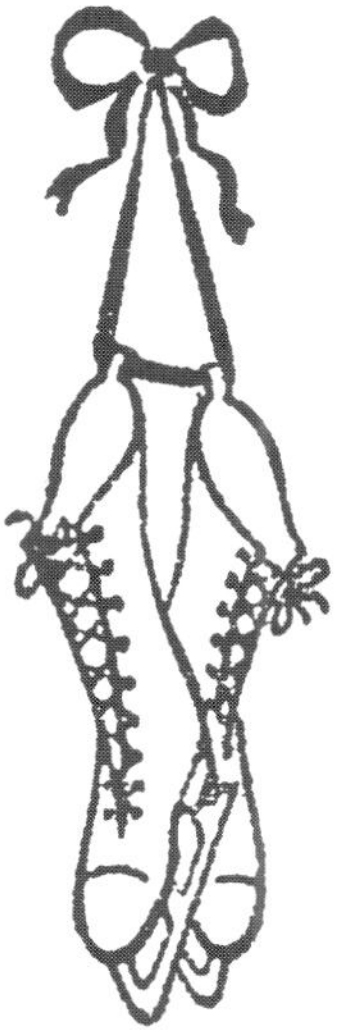

教文館

SKATING SHOES

Copyright 1951 by Noel Streatfeild
Illustratded by Richard Floethe

Manufactured in the U.S.A.
by Random House, New York
First published 1951
Used by permission of Richard Floethe Art Estate
through Japan UNI Agency, Inc., Tokyo

This Japanese edition published 2017
by Kyo Bun Kwan, Inc., Tokyo

もくじ

1 ジョンソン一家

ジョンソン一家は六人家族。お父さんのジョージ、お母さんのオリヴィア、そして四人の子ども、アレク、トビー、ハリエット、それに末《すえ》っ子《こ》のエドワード。

ふたりの兄さんとひとりの弟と、男のきょうだいばかりの中のたったひとりの女の子のハリエットはその冬、たちのわるい風邪《かぜ》をひき、高い熱がなかなか下がりませんでした。熱が下がって、起きられるようになったときには、腕《うで》も、脚《あし》も、びっくりするほど、細くなって、ひとふきの風にも、ポキンと音を立てておれるんじゃないかと思うほどでした。

「ハリエット、蚊《か》トンボみたいだね」「うん、目ばかり、キョロキョロ大きくてね」と、ふたりの兄さんが言いました。

「そんなこと、言わないのよ、かわいそうに」と、お母さんのオリヴィアがしかりましたが、そのお母さんも、登校はとうぶん、むりじゃないかと思わずにはいられなかったのです。赤みがかった金髪《きんぱつ》ばかりが目立つ、青ざめた顔。細い手足。病気上がりのハリエットは、いかにも弱よわしく、たよりなげに見えたのでした。

ハリエットのお父さんは、小さな店を持っていました。それは、ちょっと変わった店でした。なぜって、その店で売っている品は、お父さんの兄さんのウィリアムおじさんが送ってくる品にかぎられていたのですから。

ジョンソン家はむかしは大金持ちだったそうです。でも、ひいおじいさんのときに屋敷《やしき》を半分手放し、残った半分も、おじいさんのときに人手《ひとで》にわたさなければならなくなりました。ウィリアムおじさんはむかし、門番の住まいだったという、小さな家でしばらくくらしていたのですが、今ではその家も人に貸《か》して、自分はその家の二部屋だけをつかっていました。ひろい庭園の一部を菜園《さいえん》にしていましたし、狩《かり》の獲物《えもの》があるので、食べるものにはこまりませんでした。ジョージとちがって、おじさんには、おくさんも子どももいなかったのです。

野菜《やさい》や狩《かり》の獲物《えもの》はひとりでは食べきれないので、おじさんは、ロンドンにいる弟のジョージに店を持たせようと思いつきました。ただ、野菜《やさい》でも、狩《かり》の獲物《えもの》でも、いちばん上等な、いち

ばん、おいしいものを自分用に取りのけておき、のこったものを弟に送りつけました。それでジョージの店の品物は、あるときはキュウリとキャベツばかり、またあるときはウサギの肉ばかりというふうで、繁昌《はんじょう》するというわけにはいかなかったのです。

ジョージはもともと物事《ものごと》の明るい面を見るたちでしたし、ウィリアム兄さんをたいそう尊敬《そんけい》していましたから、何を送りつけられようと、感謝《かんしゃ》して受けとりました。おくさんのオリヴィアもやさしい、明るい人柄《ひとがら》で、一家はいつも貧乏《びんぼう》でしたが、とてもなかよく、楽しくくらしていました。うれしくないことはひとつだけ。ウィリアムおじさんから送られてきたものが売れのこった場合、家族の食事にまわされるということでした。

さて、病気上がりのハリエットにとって何よりもつらかったのは、病気がなおっても、すぐには学校に行けないということでした。食欲《しょくよく》が出て、つかれを感じなくなるまでは、学校はむりだろうと、お医者さんのフィリップソン先生が言ったからです。学校に行かないと、とてもたいくつでした。

「今日は少し、散歩《さんぽ》してみたら、ハリエット? テムズ川をわたる船を見ていらっしゃいな。きっと、気持ちが晴ればれするわ」

ある日、お母さんにこう言われて、ハリエットはうかない気持ちで川岸に立っていました。いまにも雨がふりだしそうな、さえないお天気の日で、風がつよく、立っているのがやっとでした。と、一台の車がハリエットのわきで止まりました。

「やあ、ハリエット、具合《ぐあい》はどうだね?」

フィリップソン先生でした。

いつもはおとなしいハリエットですが、風はつめたいし、たいくつでくさくさしていたところでしたので、とっさにこう言ってしまったのです。

「もういや！　さむいし、たいくつだし、話し相手だって、ひとりもいないんですもの。元気になんか、なれっこないわ！」

フィリップソン先生はとてもやさしい、思いやりのあるひとでした。ふだんはいそがしくて、患者《かんじゃ》の子どもとゆっくり話しあうひまがないのですが、ハリエットのこんな返事をきいて、ほうっておけなくなりました。フィリップソン先生は車のドアを開けて、ハリエットを中にさそいました。一、二軒《けん》、往診《おうしん》にまわるみちみち、話し相手になり、どうしたら元気になれるか、いっしょに考えてみようと思ったのです。

「おきのどくさまだね。きみが元気になるまであずかってくれる、田舎《いなか》の親戚《しんせき》のお宅《たく》はないの？　空気のいい、気持ちのいい環境《かんきょう》で、のんびりすごせるといいんだがね」

「そんな親戚《しんせき》、ひとりもいないわ。ウィリアムおじさんは二部屋しか、持っていないし」

フィリップソン先生はホーッとため息《いき》をつきました。うすうす、ウィリアムおじさんのことを知っていたからです。

「そうだね。今夜、お宅《たく》におじゃましで、何とか、いい方法《ほうほう》が見つからないか、ご両親と話しあってみることにしよう。お父さんとお母さんに、そう言っておいてくれるかい？」

病気いらい、ハリエットは末っ子のエドワードと同じ時刻《じこく》、つまり、午後六時半に寝《ね》かされるきまりでした。エドワードはたったの七歳《さい》ですが、ハリエットは九歳半です。もうじき十歳になるのに、六時半にベッドに入らなきゃいけないなんて、ひどすぎると、ハリエットはしょげていたのですが、とにかく、フィリップソン先生が玄関《げんかん》のベルを鳴らしたとき、四人きょうだいのうち、起きていたのは、アレクとトビーだけでした。ふたりは居間《いま》のテーブルにむかって宿題をしていました。二人とむかいあわせにすわって、お父さんのジョージはその日の売り上げを計算していました。

お母さんのオリヴィアは、その居間《いま》にフィリップソン先生を案内《あんない》しました。

「フィリップソン先生、ハリエットのことで、わざわざきてくださったのよ」

ジョンソン家の子どもたちはよくしつけられていましたので、アレクも、トビーもさっと立ちあがって、礼儀《れいぎ》正しくあいさつしました。

「ハリエットはまだ体力がもどっていないようだね。空気のいい田舎《いなか》に親戚《しんせき》でもいれば、しばらくあずかってもらうといいんだが」と、フィリップソン先生はすわるとすぐに言いました。

「私の兄が田舎《いなか》に住んでいるんですがね。あいにく、ひとりもので、とてもハリエットをあずかるわけにはいかないでしょう」と、ジョージは答えました。

「わたしのほうの親戚《しんせき》はあいにく、みんな、南アフリカでくらしていまして」と、オリヴィアが言いました。

フィリップソン先生はうなずきました。ジョンソン夫妻《ふさい》がはたらき者で、子どもたちをふかく愛《あい》していることを知っていましたから、ハリエットが早く元気になるように、なんとか、手助けしたかったのです。

「ハリエット、早く学校にもどりたがっているんだよね、アレク？」と、トビーが言いました。

アレクも、ハリエットがたいくつして、学校にもどりたがっていることを知っていました。

「うん、でももう少し、足腰《あしこし》がしっかりしてからでないとね。あれじゃあ、ひとふき、風がふいてもぶったおれちまうんじゃないかな」

フィリップソン先生はジョージにむかって言いました。

「どうかな、ハリエットをダンスの教室とか、スポーツ・クラブに登録《とうろく》させるというのは？

このさい、体をもう少しきたえんとね」

ジョージは顔をくもらせて、首をふりました。「スポーツ・クラブは金がかかりますからね……、いまはちょっと……」

フィリップソン先生はジョージの店があまりもうかっていないことを知っていましたから、ふと思いついて言いました。「だったら、スケートはどうかな？　この近くのスケート・リンクのマネージャーは、私の患者《かんじゃ》でね。ハリエットを無料《むりょう》で入場させてくれるように、話しておこう。スケート靴《ぐつ》の借《か》り賃《ちん》を、少々はらわなければならんだろうが」

ジョージより先に、アレクが言いました。「いいんじゃないかな。スケート靴《ぐつ》の借《か》り賃《ちん》のほうは、何とかしますよ」

フィリップソン先生は早くも立ちあがっていました。「小さい子どももたくさん、通っているようだから、心配はいらない。さっそく、明日、つれていこう。なに、ひと月もすれば、すっかり慣《な》れて、すいすいすべれるようになるよ」

ジョージがフィリップソン先生を送り出しているあいだに、オリヴィアが言いました。

「アレク、スケート靴《ぐつ》の借《か》り賃《ちん》は何とかするって、どういうこと？」

「新聞取次店《とりつぎてん》のプルトンさんのウィンドーに、『配達員《はいたついん》を求《もと》む』って紙がはってあったんだよ。ぼくをやとってもらえないか、きいてみようと思うんだ」

トビーは暗算が得意《とくい》でした。

「スケート靴《ぐつ》の借《か》り賃《ちん》って、一時間、いくらはらうのかなあ？　だれかがはけなくなったスケート靴《ぐつ》を安く買えれば、そのほうが得《とく》かもしれないよ」

ジョージが居間《いま》にもどってきました。「いいひとだね、フィリップソン先生は。ありがたい提案《ていあん》じゃないか。寝室《しんしつ》をのぞいて、ハリエットがまだねむっていなかったら、つれてくるよ」

うすらさむい夜でしたので、ジョージはハリエットにガウンをはおらせて、さらに羽根《はね》ぶとんにくるんで居間《いま》につれていきました。椅子《いす》にかかえおろされたハリエットはちょっとびっくりした表情《ひょうじょう》で、家族の顔を見まわしました。

「いったん、ベッドに入ってから、みんなの仲間《なかま》入りをするって、とってもすてき。フィリップソン先生、あたしのこと、なんておっしゃったの？」

まあ、この子のかぼそいこと、ほんとにひとふき、風がふいてもとばされそうだわ――とオリヴィアは娘《むすめ》の髪《かみ》をそっとなでながら、言いました。「フィリップソン先生、あなたにスケートを始めさせたらって、提案《ていあん》なさったのよ」

「リンクのマネージャーがフィリップソン先生の患者《かんじゃ》さんでね、ただで入場させてくれるだろうって」と、お父さんのジョージが言いました。

「スケート靴《ぐつ》の借《か》り賃《ちん》がいるけど、それはぼくが何とかできると思うんだ」と、アレクが言いました。

「明日、フィリップソン先生があなたをリンクにつれてってくださるんですって」と、オリヴィアがつけくわえました。

ハリエットはスケートのことも、スケート・リンクのことも、何ひとつ、知りませんでしたから、びっくりして、すぐには口もきけませんでした、いっぺん、アイス・ショーのポスターを見たことがあります。バレリーナが着るような、短いスカートをはいた女のひとが片足《かたあし》を高だかと上げて、一本足で立っている写真が記憶《きおく》にやきついていました。

「リンクには、どういう服を着てったらいいの、マミー？」

そうきかれて、オリヴィアは首をかしげました。「さあ、こげ茶色のビロードのよそゆきかしらね？」

「でも、おそろいのパンツつきの服じゃないと……」

「うん、そろいのパンツをはいていないと、転んだときにみっともないからね」と、トビーが言いそえました。

「明日は、ふだん着のスカートの上にセーターを着ることにしましょう。具合《ぐあい》がわるかったら、そのうえで考えるとして」と、オリヴィアはきっぱり言いました。

「とにかく、今夜はもう寝《ね》たほうがいいだろう」と、ジョージが立ちあがって、「明日のリンク行きにそなえて、ぐっすりねむっておくことだ、スケート・リンクの花形《はながた》くん！」こう言って、ふたたびハリエットをだきあげました。

オリヴィアは思わずわらいだしました。「まあ、うちのハリエットがリンクの花形《はながた》だなんて！」

トビーがハリエットのおさげを引っぱりました。「リンクの花形《はながた》くん、おやすみ！」

ベッドにもどったハリエットは、期待と興奮《こうふん》でわくわくしていました。

「リンクの花形《はながた》くん……」トビー兄さんの言葉を胸《むね》のうちでくりかえしながら、目をつぶりましたが、すぐにはねむれそうもありません。

となりのベッドでは、弟のエドワードが何も知らずに、すやすやと寝息《ねいき》をたてていました。

2 プルトンさん

次の日の夕食後、アレクはプルトンさんをたずねました。プルトンさんは新聞取次店《とりつぎてん》のご主人です。プルトンさんのお父さんも、おじいさんも、ひいおじいさんも、代々《だいだい》、新聞取次店主《とりつぎてんしゅ》で、みんな、プルトンさんとよばれてきました。ウィリアムとか、ジョンといった名前はあるのでしょうが、だれも知りませんでした。サインをするときは、これも代々《だいだい》、「C・プルトン」でした。

店の外見は、近所の年よりの話では、ひいおじいさんのときとまったく同じだそうです。弓形のはりだし窓《まど》のついている、背《せ》の低い、古い家でした。

表側《おもてがわ》のドアには鍵《かぎ》がかかっていましたので、アレクは裏口《うらぐち》にまわりました。プルトンさんの耳が少し遠いことを知っていたので、ドアを大きくコツコツとたたきました。足をひきずる音がしたと思うと、ドアが開きました。

プルトンさんは蒼白《あおじろ》い顔の、やせた白髪《はくはつ》のおじいさんでした。ふさのついた、小さな、まるい、茶色のビロードの帽子《ぼうし》をちょこんと頭にのせ、同じ茶色の上着を着て、金糸《きんし》、銀糸《ぎんし》の刺《し》繍《しゅう》のあるスリッパをはいていました。

ほんとうのところ、プルトンさんはトカゲのようにすばしこい、賢明《けんめい》なひとだったのですが、ちょっと見たところ、白い蛾《が》のような感じでした。低い、つかれた声で話しましたが、その頭のなかは冴《さ》えわたっていました。

「こんばんは。何か、私《わたし》にききたいことでもあるのかな?」と、プルトンさんは言いました。

アレクは、「新聞配達員《はいたついん》を求めているというはり紙を見たんですが」と切りだしました。

プルトンさんはすぐには答えませんでした。プルトン新聞取次店《とりつぎてん》にふさわしい、信用のおける少年《しょうねん》かどうか、アレクの表情《ひょうじょう》と態度《たいど》をとっくり観察《かんさつ》したかったのです。

「まあ、入りなさい」と、プルトンさんが言ったので、アレクはびっくりしました。プルトンさんの家に足をふみ入れたことのあるひとは、アレクの知るかぎり、ひとりもいませんでしたから。

それは、プルトンさんの上着や帽子《ぼうし》と同じように茶色っぽい部屋でした。カーテンも茶色、椅子《いす》カバーも茶色、壁《かべ》も茶色でした。その茶色の壁《かべ》にかかっているのは馬の絵でした。本棚《ほんだな》の上や小テーブルの上には、馬のブロンズ像《ぞう》がのっていました。

「すごくたくさん、あるんですねえ、馬の絵とか、彫刻《ちょうこく》とか！」と、アレクは思わず口走《くちばし》りました。

プルトンさんは部屋のなかを歩きまわりながら、言いました。

「こいつはジェニーだ。グランド・ナショナル（イギリス競馬の大障害レース）で一着になった名馬のおつかさんでね。こっちはヴィネガーだ。サー

カスの人気者だった」

小テーブルの前で足をとめて、その上にのっていたブロンズ像《ぞう》をとりあげて、プルトンさんは誇《ほこ》らしそうに言いました。「うちのじいさんは、こいつと狩《かり》に出かけたものでね。ウィスキーって名前だったが、人間もかなわんくらい、かしこいやつだったそうだ」

アレクはプルトンさんの馬の話に夢中《むちゅう》になって、何のために訪問《ほうもん》したのか、すっかりわすれていました。

「新聞配達《はいたつ》をしたいと言ったね？　手間賃《てまちん》を何に使うつもりだね？」と、プルトンさんはだしぬけにききました。

「妹のハリエットのスケート靴《ぐつ》の借《か》り賃《ちん》がいるものですから。病気のあと、脚《あし》がヒョロヒョロにやせて、スケートでもさせたらどうかって、フィリップソン先生にすすめられたんです」

「ほう……まあ、すわりたまえ。わしはビールを一杯《いっぱい》、飲もうと思っていたところでね」

アレクはプルトンさんに、ジンジャー・エールを注いでもらいました。

「すわって、ハリエットのことをくわしくきかせてくれないか」

アレクの説明《せつめい》がひととおり終わると、プルトンさんはききました。

「スケート靴《ぐつ》の借《か》り賃《ちん》はいくらするんだね？」

「一回、二シリングです」

「朝刊《ちょうかん》と夕刊《ゆうかん》の配達《はいたつ》をたのみたいんだがね。朝刊の配達賃《はいたつちん》は週十シリング、夕刊はとらない家もあるから、四シリングなんだが」

アレクは頭のなかで暗算《あんざん》をしました。ハリエットは週六回、リンクに行く。六かける二は十二シリング。新聞の配達賃《はいたつちん》として週十四シリングもらえれば、自分のこづかいに二シリング、まわせるわけです。

「けっこうです。それで、いつから始めますか？」

「明日からさっそくたのみたいんだ。明日の朝、七時にここにきなさい。これまで配達《はいたつ》していた子に、きみといっしょにまわって、万事《ばんじ》、教えるように言っておくよ。おや、ばかにうれしそうだね。どういうわけだね？」

「二シリング、余分《よぶん》が出るからです。ハリエットのスケート靴《ぐつ》の借《か》り賃《ちん》は週十二シリングですから」

「それで、きみは、その二シリングを何につかうつもりなんだね？」

「ぼく、アレク・ジョンソンって言います。両親はぼくが十八歳《さい》まで、学校教育を受けることを望《のぞ》んでいます。でもぼく、勉強はあんまり好《す》きじゃないんです。弟のトビーは数学の天才ですけど。ぼくは十六歳《さい》になったら、学校とおさらばするつもりです。うちの店では、ウィリアムおじさんが送ってよこす品ばかり売っているんで、さっぱり繁昌《はんじょう》しないんです。ぼく、十六歳《さい》までにできるだけ、お金をためて、仔馬《こうま》を一頭と荷馬車を買って、毎日、市場から新鮮《しんせん》な野菜をしいれて、父の店にお客がおしかけるようにしたいんです」

プルトンさんは首をひねりました。「週二シリングをためても、仔馬《こうま》はなかなか買えんだろうがね」

「もちろんです。でも、とにかく始めなくっちゃ、話にもなりませんからね。そうでしょう？　週二シリングを元手《もとで》にして、来年、何か、ちょっとした商売を始めてみようと思うんです。新ジャガみたいな、季節《きせつ》の品をしいれて売ってみるとか」

「お宅《たく》の店じゃ、新ジャガを売ったことがないのかね？」

「ありません。ウィリアムおじさんが、みんな、食っちまうんですよ」

「そのおじさんは畑の作物を、きみのお父さんのところにどうやってとどけるんだね？」

「それも、しゃくのたねなんです」と、アレクはうんざりしたように肩《かた》をすくめました。「知り合いの車のすみに乗っけてもらうこともあります。知らせがあると、父さんがその家まで取りに行くんです。汽車の小荷物《こにもつ》でくることもありますし、運河《うんが》を船でゆっくり運ばれてくることもあります。とちゅうでくさっちゃって、売り物にならないことがたびたびあるんですよ」

プルトンさんはビールを飲みおえて立ちあがりました。「よくわかったよ。もうお帰り。明日の午前七時に、ここにおいで。おくれるんじゃないぞ」言葉を切って背《せ》をむけようとして、プルトンさんはゆっくりふりかえりました。「夢《ゆめ》をたいせつにするんだよ。私《わたし》も、きみくらいのとき、いろいろと夢《ゆめ》を見たものだ。だが、私《わたし》にはこの取次店《とりつぎてん》があったからね。あのころの、私《わたし》の夢《ゆめ》はどうなってしまったのか……。おやすみ、アレク・ジョンソン」

3　はじめてのリンク

ハリエットがはじめてスケート・リンクに出かける日、オリヴィアはジョージと相談《そうだん》して、つきそうことにしました。フィリップソン先生は、いそがしいひとです。ハリエットをマネージャーに紹介《しょうかい》したら、さっさと帰ってしまうにちがいないと思ったからでした。

リンクに着くと、フィリップソン先生はマネージャーの事務所《じむしょ》に親子をつれて行きました。

「ハリエットとお母さんのミセス・ジョンソンをよろしくたのみますよ、マシューズさん。ミセス・ジョンソン、こちらがリンクのマネージャーのマシューズさんです。私《わたし》は往診《おうしん》があるので、これで失礼《しつれい》しますよ」

オリヴィアはマシューズさんにあいさつして、まず、マシューズさんの持病《じびょう》のなやみに耳をかたむけました。それからおくさんの手おくれになりかけた盲腸炎《もうちょうえん》のこと、いまはもう成人《せいじん》している双子《ふたご》の息子《むすこ》のはしかや百日咳《ひゃくにちぜき》のことをきいてあげました。病気の話がひととおり終わったところで、オリヴィアはようやっと、ハリエットの健康回復《けんこうかいふく》の手段《しゅだん》として、フィリップソン先生にスケート・リンクに通うようにすすめられたことを説明《せつめい》したのでした。

「ごしんせつに、ハリエットを受けいれてくださるそうで」こうオリヴィアが切りだすと、マシューズさんはハリエットの細い脚《あし》に、きのどくそうに目を走らせました。

「スケートははじめてなんだね？　心配はいらない。すぐに慣《な》れて、ツーツーすべれるようになるだろうよ。じゃあ、おくさん、スケート靴《ぐつ》の貸出所《かしだしじょ》にご案内《あんない》しましょう。一回につき、二シリングはらってもらうことになっています。お嬢《じょう》さんの足にぴったしの靴《くつ》を取っといてくれるように、たのんであげましょう」

スケート靴《ぐつ》の貸出所《かしだしじょ》に行くには、リンクを通りぬけなければなりません。だだっぴろい氷の床《ゆか》のまんなかで大人や、子どもが、片足《かたあし》を上げてクルクルまわったり、とびはねたりしている様子に、ハリエットはドキドキしながら目を走らせました。リンクのまわりにはりめぐらした真鍮《しんちゅう》の手すりに、もっとたくさんの大人や子どもがしがみついていました。

「まだちゃんとすべれないひとも、たくさんいるみたいねえ、マミー」

ハリエットがドキドキしているということを察《さっ》して、オリヴィアは陽気な口調《くちょう》で答えました。「ええ、あなただって、しばらく通ううちに、まんなかですべっているあのひとたちみたいに、クルクルまわったり、とびはねたりできるようになると思うわ」

「さあ、それはどうですかね」と、マシューズさんが言いました。「あのまんなかですべっている女の子のように達者《たっしゃ》にすべれるようになるには、時間も、金も、かかりますからね」

指《ゆび》さされたほうを見ると、まっしろな、スマートなセーターを着た、ハリエットくらいの年ごろの少女が氷の上に爪立《つまだ》って、片足《かたあし》を上げ、器用《きよう》にクルクルまわっていました。

「あの白いセーターを着た子のことですか？」と、ハリエットがききました。

「ああ、ララ・ムーアというんだが、三歳《さい》のころから、毎日、ここに通っていてね」

「まあ、三歳《さい》からスケートを？　変わった親御《おやご》さんですねえ」と、オリヴィアは思わずつぶやきました。

「親御《おやご》さんじゃないんですよ。おばさんなんです、保護者《ほごしゃ》は。お父さんは有名なスケーターのシリル・ムーアですが、両親とも、事故《じこ》で亡《な》くなって」と、マシューズさんがシリル・ムーアという名を口にした様子が、いかにもうやうやしかったので、オリヴィアも敬意《けいい》をこめて、

「まあ！」とつぶやいたのでした。

貸出所《かしだしじょ》で、マシューズさんはオリヴィアとハリエットを係のサムに紹介《しょうかい》しました。

「サム、このハリエット・ジョンソンにぴったしの靴《くつ》を見つけてもらいたいんだよ。フィリップソン先生のすすめで毎日、ここにすべりにくることになったんでね。この子に合った靴《くつ》を取っといてくれると助かる」

サムは赤ら顔《あかがお》の陽気な男で、椅子《いす》をひきだして、ハリエットをすわらせました。

「こりゃ、まいったな。筋肉《きんにく》からして、きたえる必要《ひつよう》がありそうだねえ」

ハリエットが説明《せつめい》しました。「病気のせいなの。長いこと、寝《ね》ていなきゃならなかったものだから、こんなにヒョロヒョロになっちゃって」

サムはハリエットの片手《かたて》を取って、自分の片足《かたあし》にさわらせました。

「気にすることはないよ。ヒョロヒョロが何だね？　おれの片足《かたあし》はこのとおり、義足《ぎそく》だよ。ビルマの陸軍病院《りくぐんびょういん》で切断《せつだん》したんだが、おれはこの義足《ぎそく》を使って、たいていの人間より、ずっと達者《たっしゃ》に動きまわってるからね。なにごとも努力しだいさ、あんただって、一、二週間、ここに通ううちに、氷の上をツーツーすべれるようになるよ」

「ララ・ムーアみたいに?」と、ハリエットは思わず、口走《くちばし》りました。

「ほう、ララを知ってるのかい?」

「知ってるわけじゃないけど、マシューズさんが話してくださったの。あのひと、三歳《さい》のころから、このリンクにきているんですってね?」

「大したフィギュア・スケーターだったんだよ、あの子のおやじさんのシリル・ムーアはね。おっと、無駄口《むだぐち》をたたいてるひまはない。あんたにぴったしの靴《くつ》をめっけてやるよ。せっかく、ここにきたんだ。一刻《いっこく》も早く、氷の上に出るこった」

サムが見つけてくれたスケート靴《ぐつ》は、まあたらしいものでした。

「新品だから、はき心地《ごこち》はよくないかもしれないが、あんたのくるぶしをしっかり支《ささ》えてくれるだろうよ」と、サムは言いました。

ハリエットは、ララがはいているような、白いスケート靴《ぐつ》にあこがれていたのですが、貸出《かしだし》所《じょ》には、そんなしゃれたスケート靴《ぐつ》はありません。

サムはハリエットの浮《う》かない表情《ひょうじょう》に気がついて、説明《せつめい》しました。

「貸《か》し靴《ぐつ》は、頑丈《がんじょう》じゃないとね。見てくれはあんましパッとしないかもしれない。貸し靴のしるしに、靴底《くつぞこ》のまわりに緑色のペンキのすじが入れてあるしね」こう言いながら、靴ひもをかたくしめてしばり、ポンとたたきました。「さあ、せいぜい楽しんでおいで」

オリヴィアにしがみついて、ハリエットはおっかなびっくり、一歩一歩、足を運びました。リンクへと下っている、短い階段《かいだん》をおっかなびっくり、つたい下りましたが、それ以上は、一歩も進めませんでした。真鍮《しんちゅう》みがきでもしているように手すりにしがみついているのは、ハリエットと同じような新米《しんまい》スケーターなのでしょう。その列のあいだにわりこむことからして、おそろしかったのです。

「さあ、ハリエット、勇気《ゆうき》を出して！」と、オリヴィアがはげましました。

「マミー、あたし、こわくて……。目をつぶったら、こわくなくなるかしら？」

「そんなの、だめよ。午後じゅう、手すりにしがみついてすごすわけにはいかないわ。勇気《ゆうき》を出して。さあ！」

そのときでした。オリヴィアの肩《かた》をだれかがたたきました。ふりかえると、灰色《はいいろ》のスーツ姿《すがた》の五十歳《さい》ばかりの女のひとが微笑《びしょう》していました。

「いま、うちのララに合図《あいず》しましたからね。お嬢《じょう》さんのお手伝いができると思いますよ」

「まあ、ありがとうございます！」と、オリヴィアは息をはずませて言いました。「お宅《たく》のお嬢《じょう》さんはどちらに？」

「わたしの娘《むすめ》ではないんです。わたしはララにつきそっている乳母《ナニー》なんですの」

リンクの中央ですべっていた、あの白いセーターを着た少女が矢のようなはやさでやってきました。

「どうかしたの、ナナ？」

「このお嬢《じょう》さんのめんどうを見てあげなさい、ララ。リンクははじめてなんでしょ？」と、のぞきこまれて、ハリエットは答えました。

「ええ。病気のあと、あたし、とてもやせちゃったんです。脚《あし》もひょろひょろで、スケートを始めてみたらって、フィリップソン先生が……でも、あたし……」

「そうっと、つれてってあげなさい、ララ、転ばさないように気をつけるんですよ」と、ナナはきっぱり言いました。

ララはハリエットの手をつかんで氷の上を後じさりしました。気がつくと、ハリエットは氷の上に出ていました。

「脚《あし》をそんなふうにちぢめていちゃあ、だめよ。ぐっとのばすのよ。あたしがひっぱってあげるから、ついていらっしゃい」

ハリエットの膝《ひざ》も、くるぶしも、病気いらい、床《ゆか》の上で長いこと、立っていることさえ、むりというほどでしたが、ララにとっては、氷の上をすべるくらい、簡単《かんたん》なことはありませんでした。そんなララにつりこまれて、ハリエットも、氷の上をすべるのは思ったより、ずっとたやすいことのように思ってしまったのです。気がつくと、二人はリンクの中央に立っていました。

「まず、両足をちょっと開くの。そう。右足をこんなふうに上げてごらんなさい。下ろして。今度は左足。下ろして」

いっぽう、ナナはオリヴィアとならんですわりました。オリヴィアが言いました。

「ララさんは三歳《さい》でスケートを始めなさったんですってね？」

「ええ、わたしは賛成《さんせい》できなかったんですがね」

「でも、お父さまがスケートのチャンピオンでいらしたって」

「子どもがかならず、親と同じ道に進むとはかぎりませんからね。あなたのお父さまが牧師《ぼくし》さんだからって、あなたも牧師《ぼくし》さんにならなきゃならないってわけでもないでしょう?」

オリヴィアは思わずわらいだしました。「わたしの父は、南アフリカで柑橘類《かんきつるい》を栽培《さいばい》していたんですけどね。父は、わたしが後をつぐことを望《のぞ》んではいませんでした」

「ララのお父さまがご存命《ぞんめい》だったら、ララが自分で自分の将来《しょうらい》を選《えら》ぶことを望《のぞ》んでおられたんじゃないかと、わたしは思っているんですけどねえ。とても思いやりのある、ものわかりのいいご両親でしたからね。スイスの湖をスケートでまわっておられたときに、氷が割《わ》れて、おふたりとも亡《な》くなられたんです……」

「まあ……で、ララはどなたにひきとられたんですか?」

「クラウディアおばさまです。シリル・ムーアの妹さんで、お兄さまをたいそう誇《ほこ》りにしておいでで」

「その方が、ララを、このリンクに通わせていらっしゃるんですか?」

「ご両親が亡《な》くなったとき、ララはまだ二歳《さい》まえでしたっけ。忘《わす》れもしません。クラウディアおばさまは、シリルさまが最後《さいご》まではいていらしたスケート靴《ぐつ》をガラスのケースに入れて、ゆりかごのそばの棚《たな》にかざりなさったんです。『シリル・ムーアの天分《てんぶん》はさきざき、忘《わす》れがたみのこの子のうちによみがえるでしょう』って」

「まあ……そういうこと、わたしなんかにはよくのみこめませんけど、でも、ララはハリエットにとって、すばらしい先生になってくださっているようじゃありませんか」

ナナはしばらくふたりの様子を見守っていましたが、「ハリエットがつかれすぎるといけませんね。最初《さいしょ》の日なんですし」と、手をふって、ララに合図《あいず》しました。

ララについて、オリヴィアのところに戻《もど》ったハリエットは、両脚《りょうあし》が前よりもっとフラフラと、たよりなくなったように感じていました。ナナが気づいて言いました。

「はじめてなんですもの、むりはありませんよ。だいじょうぶ、そのうち、きっと楽しくなるでしょうよ」

オリヴィアも言ったのです。「ええ、そのうちにね。でも今日は、これくらいにしておいたらどう、ハリエット？」

「マミー、そんなぁ！」と、ハリエットはびっくりして首をふりました。「スケート靴《ぐつ》の借《か》り賃《ちん》に二シリングもはらったのよ。たった十五分しかすべらずに帰るなんて！」

「つかれた足ですべっても、どうしようもないでしょ。そうじゃないでしょうか？」と、オリヴィアはナナをふりかえりました。

「ええ、わたしも、そう思いますよ。急がばまわれって、ことわざにもありますものね。ひと休みなさいな、ハリエット。これをひとつ、お取りなさい」と、ナナはキャンディーの袋《ふくろ》をさしだしました。「しばらく後で、もういっぺん、ララについて、リンクのまんなかに行って、五分ばかり、すべっていらっしゃい。今日は、そのくらいにしておいたほうがいいんじゃありませんかね」

「あたし、ハリエットと、もっとおしゃべりがしたいの」と、ララが言いました。「ナナ、もう少し、ここにいてもいいでしょ？」

「ハリエットが帰ったあとで、エイト・フット・ワンの練習をちゃんとするならね」と、ナナが言いました。

「ナナったら！　エイト・フット・ワンだなんて！　ワン・フット・エイトでしょ」と、ララがわらって訂正《ていせい》しました。

「スケート・リンクなんて、うちの場合、まるでご縁《えん》がなかったんですけどね。この子の兄たちは一、二度くらい、きたことがあるようですけど」と、オリヴィアは言いました。

「お兄さんがいるの？」と、ララがききました。

「ええ、弟もひとり」と、ハリエットは答えました。

「うらやましいわ！　ひとりっ子って、そりゃあ、つまらないのよ」

オリヴィアがふと思いついて、言いました。

「よかったら、いつか、うちにお茶にいらっしゃいな。せまい家ですけど、大歓迎《だいかんげい》よ」

ララはナナの手をギュッとつかみました。「ナナ、いいでしょ？　あたし、行きたい！　ハリエットのところに行かせて！」

「さあ、クラウディアおばさまがなんておっしゃるか……」と、ナナは首をかしげました。「それに、そんなひまがあるかどうか……」

「そんなひまって……ちょっと出かけるひまもないの、あなたは？」と、オリヴィアはびっくりしてききました。

「ええ、朝のうちは家庭教師《かていきょうし》と勉強しなきゃならないし、ダンスの教室に行かない日は、フェンシングだし、ランチがすむと、いつもここに通うことになってるし。たいてい、二時間か、三時間、ここですごすのよ。家に帰ってお茶が終わるころには、そろそろベッド」

まだ十歳《さい》にもなっていない子の一日が、スケジュールにふりまわされているなんてと、オリヴィアはちょっとあきれていました。

「寝《ね》るまえにゲームをすることはないの？　おばさまと？」

「ないわ。クラウディアおばさん、あたしと遊ぶひまなんか、ないのよ。毎日、お友だちの家とか、ホテルにブリッジ（トランプのゲームの一種）をしに出かけるんですもの。あたしと話すのは、スケートについてだけなの」

「クラウディアおばさまは、ララの将来《しょうらい》に大きな期待をいだいておいでなんです。ご主人のキングさまも、ララのことにはいっさい干渉《かんしょう》なさいませんし、なにごとも、おばさまがお決めになるんです」と、ナナは説明《せつめい》しました。

「ねえ、帰るまえに、もういっぺん、すべってみる、ハリエット？」と、ララがききました。

ハリエットはよろよろと立ちあがりました。脚《あし》に力が入らず、心配だったのですが、もちろん、そうみとめる気はしませんでした。

ララが両手をさしだしました。「リンクのまんなかまでいっしょに行きましょう。まんなかに行ったら、手を放すから、脚《あし》をかわるがわる上げてごらんなさい。転んでも、気にしないのよ。大していたくないしね」

「最初《さいしょ》の日に、ララとお友だちになれて、ハリエットは幸せですわ。ララに会わなかったら、あの子、手すりにしがみつくのがやっとだったでしょう。そのうち、ぜひ、お茶にいらしていただきたいわ」と、オリヴィアが言うと、せっせと編《あ》み針《ばり》を動かしながら、ナナは答えたのです。

「わたし、ご主人のキングさまにまず、ララがハリエットと知りあったことをお話ししようと思うんですよ。ララに同じ年ごろのお友だちがいたらって、わたし、前まえから願《ねが》っていたんです。大人ばかりに囲《かこ》まれて育つって、あまり、いいことじゃありませんものね。おくさまのおゆるしが出たら、きっとうかがいますわ。番地さえ、わかれば、運転手が送《おく》り迎《むか》えしてくれますから」

帰るみちみち、オリヴィアはハリエットに、はじめてのリンク行きはどうだったかとききました。

「すてきだったわ、マミー！　みんな、ララのおかげよ！　ねえ、マミー、ララとナナ、ほんとに、うちのお茶にきてくれるかしら？」

「さあ、どうかしらね。クラウディアおばさまって方がゆるしてくださるかどうか」

ハリエットはふと立ち止まって言いました。

「家に帰っても、今日、どんなことがあったか、話をきいてくれる相手がいないなんて、あたし、そんなの、たまらないわ！　ララって、かわいそう……」

オリヴィアは何の不自由もなさそうなララのくらしを想像《そうぞう》し、裏通《うらどお》りの手狭《てぜま》な自分の家のお茶のひとときを思いくらべながら、ハリエットの手をぎゅっとにぎりしめました。

「ええ、ララにぜひ、きてもらいましょうね。いっぺんだけじゃなく、ララが今後たびたび、わたしたちの家のお客さまになるように、アレクとトビーにも、よく話しておきましょう」

4　ララの家

ララのお父さんの妹のクラウディアおばさんの住まいは、うつくしい庭園をひかえた屋敷《やしき》で、ララは両親の死後、ナナとともにこの家にひきとられたのでした。芝生《しばふ》のはてには小川が流れていて、岸辺には、クラウディアおばさんのご主人のデイヴィッドおじさんのボート小屋がありました。

ララがくらしている一郭《いっかく》は屋敷《やしき》の最上階《さいじょうかい》にあり、ララの勉強部屋と寝室《しんしつ》、浴室《よくしつ》、それにナナの部屋がありました。

ララの寝室《しんしつ》は、たいていの女の子がうっとりとため息《いき》をつくような、うつくしい部屋でした。明るいブルーのカーペット。白地にピンクのバラを散《ち》らしたカーテン。その部屋にそぐわない、みにくいものはただひとつ。ガラスのケースに入れた、茶色の古めかしいスケート靴《ぐつ》でした。

そのスケート靴《ぐつ》は、ララのお父さんのシリル・ムーアが事故《じこ》で亡《な》くなったときにはいていた、形見《かたみ》の品だったのです。

寝室《しんしつ》のとなりは勉強部屋をかねた居間《いま》でした。この部屋のカーペットも、壁《かべ》も、寝室《しんしつ》と同じようにブルーでしたが、カーテンはレモン色で、長椅子《ながいす》の上にも同じレモン色のクッションがおかれていました。幼《おさな》いころ、ララがよく乗ったゆり木馬《もくば》が一隅《いちぐう》においてあり、本棚《ほんだな》には、かつてナナの膝《ひざ》の上でよみきかせてもらった絵本もふくめて、ララの愛読書《あいどくしょ》がならんでいました。

居間《いま》の一方の壁《かべ》ぎわの棚《たな》には、数々のトロフィーやメタルがかざられていました。シリル・ムーアが生前《せいぜん》、あちこちの競技会《きょうぎかい》で授与《じゅよ》された記念《きねん》の品々です。
クラウディアおばさんは、ララがお父さんを誇《ほこ》りに思うように、サー・ウォルター・スコット（イギリスの詩人・小説家）の詩の一節を紙に書きぬいて額《がく》におさめて、その棚《たな》の一隅《いちぐう》においていました。

梅檀《せんだん》は双葉《ふたば》より芳《かんば》し
彼女《かのじょ》もまた歩む、選《えら》ばれたる騎士《きし》の栄《は》えある道を

梅檀《せんだん》とはオリーヴのことです。スコットの詩のもとの言葉は、「彼《かれ》もまた歩む」なのですが、クラウディアおばさんが「彼女《かのじょ》」におきかえたのでした。双葉《ふたば》とは最初に出る葉のことで、「偉《えら》くなる人は子どものころからすぐれている」という意味です。

さて、その日、ララとナナはとくべつに楽しいお茶のひとときをすごしました。ララはハリエットと友だちになれたのがうれしくて、ナナはリンクをかこむ椅子席《いすせき》でララを待つあいだ、オリヴィアという、楽しい話し相手とすごせたのがありがたくて……。それにナナは以前《いぜん》から、

ララに同じ年ごろの友だちがいないのが気にかかっていたのでした。

「ええ、ミセス・ジョンソンはほんとうに気持ちのいいかたですねえ。ハリエットも、申し分なくしつけられた、いいお嬢《じょう》さんみたいですし。でもねえ、ララ、だからってそうすぐ、あちらのお宅《たく》にうかがうのはどうでしょうかねえ。おくさまが何とおっしゃるか……」

ナナがこう言ったときでした。ドアが開いて、おくさま、つまり、クラウディアおばさんが入ってきたのです。

「お帰りなさい、ララ。今週はわたし、リンクに寄《よ》るひまがなくてね。先《せん》だってから始めた、あたらしい課題《かだい》はどんな具合《ぐあい》？　片足《かたあし》で立って、ゆっくり数字の8の字を描《えが》くという課題《かだい》はその後、進歩していて？」

ララはその問いに、「ええ、もちろんよ」と、答えたかったのですが、正直《しょうじき》なところ、はっきりそう答えるわけにいきませんでした。今日はとくに、ハリエットのめんどうを見たこともあって、練習に身《み》が入らなかったのです。

「あれはまだちょっと……。リンドブロムさん、なかなかいいって言ってくれないの」と、ララは答えました。マックス・リンドブロムはララのコーチで、シリル・ムーアの忘《わす》れがたみの指導者《しどうしゃ》という自分の責任《せきにん》をつよく意識《いしき》している、きまじめな青年でした。

「でも、あたし、けっこうちゃんと練習してるから、だいじょうぶよ。ねえ、ナナ？」

「はい、おくさま、ララは、今日はせいいっぱいやったと思います」と、ナナは答えました。

ハリエットが帰ったあと、ララがひとしきり身《み》を入れて、練習したことを思い出していました。

「今日だけじゃなく、毎日、身《み》を入れてほしいものね、ララ。何千人もの女の子が、あなたの天分《てんぶん》と、あなたに与えられている、すばらしい機会《きかい》をうらやましがっているんですからね。多く与えられている者は、期待にこたえなくてはね。『彼女《かのじょ》もまた歩む、選《えら》ばれたる騎士《きし》の栄《は》えある道を』」

お決まりの一節を唱《とな》えて、おばさんが出ていくと、ララはつくづくうんざりといった表情《ひょうじょう》で、お茶の茶碗《ちゃわん》をとりあげました。

ナナは内心《ないしん》、リンク通いにあけくれているララの日常《にちじょう》に疑問《ぎもん》を感じていました。亡《な》くなったララの両親は、娘《むすめ》が「選《えら》ばれたる騎士《きし》の道」を歩むことよりも、幸せに、楽しく、毎日を送ることを願《ねが》っていたのではないだろうかという気がしてならなかったのです。

ナナは、クラウディアおばさんのご主人のデイヴィッドおじさんが、たまさかララとすごすときに、ひとりごとのようにもらす言葉を思いうかべていました。自分たち夫婦《ふうふ》に子どもがいないことを残念《ざんねん》に思っていたおじさんは、ララをわが子のように愛《あい》していました。

「ぼくはね、ララが楽しい思い出をたくさんつくることを願《ねが》っているんだよ、ナナ。父親がだれであろうとね」

ララの後見人《こうけんにん》は、シリル・ムーアのじつの妹であるクラウディアおばさんです。おばさんの夫《おっと》にすぎないデイヴィッドおじさんには、ララのことに口を出す権利《けんり》はありません。

デイヴィッドおじさんは背《せ》の高い、ハンサムな紳士《しんし》でしたが、妻《つま》のクラウディアおばさんとちがって、父親が世界的なスケートのチャンピオンだったとしても、子どもが父親と同じ道を歩むことを期待するのはどうかと思うと、ひそかに考えていました。おばさんは知らなかったのですが、ララとおじさんは大のなかよしでした。おばさんがパーティーに出かけて留守《るす》の夜、ララはたびたびおじさんの部屋を訪問《ほうもん》しました。

さて、その夜、ララがおじさんの部屋のドアをノックしたとき、おじさんは窓《まど》のわきにすわって、夜の庭園をながめていました。

「やあ、スケートの天才くん、元気かい？」

デイヴィッドおじさんからだったら、天才と呼《よ》ばれても気になりません。ララはおじさんのとなりに腰《こし》を下ろして、ハリエットと友だちになったこと、お茶によばれていることを打ち明けました。

「あたし、行きたいの、とっても。ハリエットにも、うちにきてもらいたいのよ。でもナナが、それはむりじゃないかって言うの。うちがお金持ちで、ハリエットの家がそうでないから……。ねえ、おじさん、何か、いい方法《ほうほう》、ないかしら？　クラウディアおばさんが、そういうちがいを気にしなくなるような方法《ほうほう》、きっとあると思うんだけど」

「ハリエットのお父さんは何という名前なんだね？　どういった仕事をしているのかな」

ララは声をひそめました。「ジョージ・ジョンソンさんって名前よ。会社員じゃないの。ハリエットの家、何かのお店じゃないかしら」

おじさんも、ないしょ声で言いました。

「きみも、私《わたし》も、そういうことは気にしないが、きみのおばさんとなると、話はべつだからね」

「ええ、そうなの。そのお店、お父さんのお兄さんのウィリアムおじさんが送ってくるものばかり、売ってるらしいの」

「ジョージ・ジョンソン……。兄さんがウィリアム・ジョンソンか。ぼくの寄宿《きしゅく》中学《ちゅうがく》に、そういう名前のきょうだいがいたっけ」

「ハリエットのお父さんがもしか、おじさんと同じ寄宿《きしゅく》中学《ちゅうがく》の生徒《せいと》だったとしたら、クラウディアおばさん、あたしがハリエットとつきあうことに反対しないかしら?」

「ああ、たぶんね。調べてみよう。心配はいらない。ハリエットはきみにとって、すばらしい友だちみたいだからね。たぶん、何とかなると思うよ」

5　クラウディアおばさん

「たぶん、なんとかなると思うよ」と、ララにうけあったデイヴィッドおじさんは、少年時代に在学《ざいがく》していた寄宿制《きしゅくせい》の中学校の名簿《めいぼ》で、ジョージとウィリアムのきょうだいが同窓生《どうそうせい》であることを確《たし》かめました。そこにまた、ありがたい偶然《ぐうぜん》がもうひとつ、重なりました。ある晩《ばん》、地区の在郷軍人会主催《ざいごうぐんじんかいしゅさい》の懇親会《こんしんかい》でおじさんは、ジョージ・ジョンソンと出会《であ》ったのです。

家に帰ったジョージはおくさんのオリヴィアに、デイヴィッド・キングとの出会《であ》いについて話しました。

「気持ちのいい男でね。ウィリアム兄さんのことも、よくおぼえていたよ。ウィリアムは学校時代、がっつきアヒルのガズル・ジョンソンってあだ名だったんだが」

「まあ、がっつきアヒルのガズル・ジョンソン？　子どもたちがきいたら、おもしろがるでしょうねえ」

ジョージは、兄さんのあだ名を子どもたちに知らせたくなかったので、とっさに話題を変えました。

「キングの姪《めい》のララって子がスケート・リンクで、うちのハリエットと友だちになったんだって? キングのおくさんは、スケーターとしての姪《めい》の将来《しょうらい》に大きな望《のぞ》みをかけていて、ハリエットのように、スケートに夢中《むちゅう》になっている子と親しくなるのは、ララにとって、たいへん願《ねが》わしいことだと言っているそうだよ」

「まあ、その方、あのララのおじさまだったんですか。ハリエットはララのおかげで、最初《さいしょ》の日からスケートが大好《だいす》きになって、このところ、足腰《あしこし》も以前《いぜん》にくらべて、ずいぶんしっかりしてきましたし、リンク通いを、そりゃあ、楽しみにしているんですよ」

いっぽう、デイヴィッドおじさんはおくさんのクラウディアに、ララが自分の中学時代の友人の娘《むすめ》とスケート友だちになったそうだが、と言いました。

クラウディアおばさんはさっそくナナに、ハリエットについて問いただしました。

「はい、ハリエットはお医者さまから、病後の健康回復《けんこうかいふく》のためにスケートをすすめられたようでして。リンクには最初《さいしょ》の日、お母さまがいっしょで、わたしがララをひきあわせたんです。ララはあたらしいお友だちに、いいところを見せたいんでしょうかね。このところ、練習にたいそう身《み》を入れていましてね」

ナナの返事をきいて、クラウディアおばさんはふと考えました。そういう子だったら、ララにとって、願《ねが》わしい刺激剤《しげきざい》になるかもしれない……。

「ナナ、今週の金曜日あたり、リンクの帰りに、そのハリエットという子をここにつれてきてもらえないかしら。ぜひ一度、会っておきたいのよ」

吉報《きっぽう》をきいて、ララはとびあがりました。ちょうど、家庭教師《かていきょうし》のゴールドソープ先生と勉強していたところで、先生も前まえから、ララに友だちがいないのを気にしていましたので、それはよかったとよろこんでくれました。

「そのつぎの週には、あたしがハリエットの家のお茶におよばれするのよ」と、ララは言いました。「ああ、うれしい！」

「さあ、それはどうでしょう?」と、ナナは首をかしげて見せました。「万事《ばんじ》、おくさまがハリエットに会って、あなたのお友だちとしてふさわしいかどうか、見きわめなすったうえのことでしょうからね」

そう言いそえたのですが、ララはもうすっかり、その気になっていたのでした。

その金曜日、ハリエットは手持ちの服のうちではまずよそ行きと言える、こげ茶色のビロードのワンピースを着て、リンクに出かけました、病気でやせたぶん、背丈《せたけ》がのびたので、ワンピースは短めでしたが、すそを下ろしたら、そこだけ、色が微妙《びみょう》にちがうのではないかと、オリヴィアが判断《はんだん》して、似《に》た色合いの布《ぬの》でパンツをこしらえたのです。パンツを新調したので、ハリエットはけっこう晴れがましい気分でした。

でもひと目見て、ナナは胸《むね》のうちでため息《いき》をついたのです。「いつものスカートとセーターのほうが、よっぽどすっきりしているのに……」

ナナは、クラウディアおくさまがハリエットについて、ララにとって願《ねが》わしい友だちだという好印象《こういんしょう》をいだくことを、ひたすら願《ねが》っていたのでした。

ララはというと、ハリエットの服装《ふくそう》のことなど、まったく気にしていませんでした。クラウディアおばさんについて、前もってハリエットにどう説明しておこうかと思案《しあん》していたのです。

「クラウディアおばさんのこと、わらわないでね、ハリエット。たぶん、サー・ウォルター・スコットの詩を唱《とな》えてきかせると思うけど、ふきだしたりしないでちょうだい。おばさん、その詩に、あたしをふるいたたせる力があると思ってるみたいなの」

リンクに通ううちに、ハリエットは、ララがアイス・スケートに関《かん》するかぎり、とくべつな存在《そんざい》であることに気づかずにはいられませんでした。だれもがララを知っていました。ララは中央の大リンクをわがもの顔にすべりまわるだけでなく、わきの小リンクで、コーチのマックス・リンドブロムの熱心な個人指導《こじんしどう》を受けていました。

そうしたすべては、クラウディアおばさんのはからいであること、ハリエットがララの家のお茶に招待《しょうたい》されたのも、おばさんの提案《ていあん》であることをきかされていましたから、ハリエットはララの言葉もろくに耳に入らないくらい、緊張《きんちょう》していました。

病気いらい、ハリエットはさっぱり食欲《しょくよく》がなかったのですが、そのお茶のテーブルにはハリエットが夢《ゆめ》にさえ、見たことがないご馳走《ちそう》がならんでいました。サンドイッチが三種類《しゅるい》、チョコレート・ビスケット、ピンク色の砂糖衣《さとうごろも》のかかったケーキ。サンドイッチに手をのばしたとき、ドアが開いて、クラウディアおばさんが入ってきました。

ナナがさっと立ちあがったので、つりこまれて、ハリエットも立ちあがりました。なんてお行儀《ぎょうぎ》のいい子だろうというのが、ハリエットについてのおばさんの第一印象《いんしょう》だったのです。

「ようこそ、ハリエット！　あなたはスケートを始めたばかりなんですってね？」と、おばさんはつとめてやさしく問いかけました。

「はい、フィリップソン先生にすすめられて」

「どう？　スケートは楽しくて？」

「ええ、とっても」

すわっているハリエットの上半身しか、クラウディアおばさんには見えませんでした。パッとしない服装《ふくそう》だけど、品はわるくないわ。この子にまず、ララと友だちになったことは、たいへんな特権《とっけん》なのだということを気づかせなくては。

「すわって、ケーキを召《め》し上《あ》がれ」と、言って、クラウディアおばさん自身も暖炉《だんろ》のわきの椅《い》子《す》に腰《こし》を下ろしました。

「ララの父親がシリル・ムーアだってことは、あなたもきいているでしょうね？」

ハリエットはうなずきました。

「わたしはね、兄の魂《たましい》がララのうちに宿るのを見とどけることこそ、ララの後見人《こうけんにん》としてのわたしに託《たく》された使命《しめい》だと思っているのよ。ナナをはじめとして、ララの周囲《しゅうい》の者はみな、ララの将来《しょうらい》に期待している同志《どうし》と言ってもいいでしょうね」

むずかしい言葉の意味はよくわかりませんでしたが、ハリエットはすごく重大なことをきかされているのを感じて、もう一度、大きくうなずきました。

「ララはいずれ、世界チャンピオンを目ざして、外国に遠征《えんせい》することになると思うのよ。いわばわかい外交官《がいこうかん》のように、国際親善《こくさいしんぜん》に貢献《こうけん》するという、重要《じゅうよう》な役割《やくわり》をになうことになるでしょうね」

ハリエットはもう一度うなずきながら、ララのほうに視線《しせん》を走らせましたが、一瞬《いっしゅん》、あぶなくわらいだしそうになりました。ララは外交官《がいこうかん》になったかのように、きどってそっくり返っていたのです。

「ナナも、家庭教師《かていきょうし》のミス・ゴールドソープも、メイドたちも、運転手も、この家の者は、だれもが、ララの栄《は》えの日を待ちのぞんでいるんですよ」と、クラウディアおばさんの声がつづいていました。

ナナはララとハリエットの顔を見くらべて、うやうやしく言いました。「はい、そのとおりでございます」

「そんなわけでね、ララのお友だちになったということは、あなたにとっても、すばらしいことじゃないでしょうかね。どう、ハリエット、わたしの言う意味、わかりますか？」

「ええ、わかります！」と、ハリエットは心から言いました。

クラウディアおばさんは満足《まんぞく》そうにうなずいて、シリル・ムーアの遺品《いひん》のカップやトロフィーを見やって、おごそかに唱《とな》えました。

「彼女《かのじょ》もまた歩む、選ばれたる騎士《きし》の栄《は》えある道を！」

ナナがうやうやしく一礼しました。

クラウディアおばさんが出ていこうとしたとき、ハリエットはあわてて言いました。

「あのう、ミセス・キング、マミーがあさっての日曜日の午後、ララとナナをうちのお茶にお招《まね》きしたいって、言ってるんですけど」

緊張《きんちょう》のみなぎる一瞬《いっしゅん》の静寂《せいじゃく》ののちに、クラウディアおばさんは言ったのです。

「いいんじゃないでしょうか、ねえ、ナナ？」

6　ジョンソン家のお茶のひととき

ララとナナをお茶に招待《しょうたい》したことについて、オリヴィアはきっぱりと、だからと言って、その日曜日のお茶をとくべつあつかいする気はないと言いました。

「そんな心配そうな顔をしないでちょうだい、ハリエット。日曜日のお茶の時間は、だれもが楽しくすごせるように、わたしがいつもせいいっぱいのことをしているって、わかっているんじゃなかったの？」

もちろん、ハリエットにはわかっていました。でも、ララの家での豪勢《ごうせい》なお茶のことを思いだすと、ララが、またナナが、どういう印象《いんしょう》を受けるかと、気が気でなかったのです。

兄さんたちはハリエットから毎日のようにララのこと、シリル・ムーアのこと、さらにクラウディアおばさんのことをきかされて、もうたくさんだという気持ちになっていました。でも

末《すえ》っ子《こ》のエドワードは、自分もいっぺん、ララの家のお客になってみたいとあこがれていました。七歳《さい》のエドワードはまつげの長い、ぱっちりした青い目のボーイ・ソプラノで、クリスマスや復活祭《ふっかつさい》の礼拝《れいはい》のときには、聖歌隊《せいかたい》にくわわって独唱《どくしょう》することもありました。

さて、その日曜日、ララを先にたててジョンソン家の居間《いま》に入ってきたナナは、それとなくまわりを見まわしました。調度《ちょうど》も、家具も、古びてはいますが、どれも趣味《しゅみ》のよいものであること、子どもたちがみな、とても行儀《ぎょうぎ》がよく、にこにこと自分たちをむかえてくれたことを、すばやく見てとっていました。

いっぽう、ララは大家族にむかえられて興奮《こうふん》していました。

「びっくりしたでしょ、おおぜいで」と、オリヴィアはにっこりしました。「これが長男のアレクよ」

「アレクはね、あたしのスケート靴《ぐつ》の借《か》り賃《ちん》をはらってくれてるの」と、ハリエットが言いそえました。

「つぎがトビー」

「トビーはね、暗算が得意《とくい》なの。学校では、数学の天才って言われてるんですって」と、ハリエットがまた言いそえました。

「これは、末《すえ》っ子《こ》のエドワード」

「こんにちは、ララ！　ぼく、とっても楽しみだったんだ、あなたに会うの」と、エドワードは大きな目でララをみつめました。

なんて、かわいらしい子だろうと、ナナはにっこりし、ララは小さな手をにぎりました。

ジョージも出てきてあいさつして、お茶の会はなごやかに進行《しんこう》しました。

トランプのゲームが始まるころには、ララはすっかりジョンソン家の雰囲気《ふんいき》になじんでいました。大家族の仲間入《なかま》りをしたのははじめてでしたが、だれもがまっさきに上がろうと、はりきってカードを投げだしたり、からかいあったり、ドッとわらったり、それはララにとって、言いようもなく楽しいひとときだったのです。

お茶の後、ナナはオリヴィアを手伝って、キッチンでひとしきり洗《あら》い物《もの》をしましたが、ララは家族にまじって、冬休みのさまざまな計画に夢中《むちゅう》になりました。アレクは新聞配達《はいたつ》で得《え》たアルバイト料から、ハリエットのスケート靴《ぐつ》の借《か》り賃《ちん》をはらった残りを貯《た》めて、父親の店に新鮮《しんせん》な野菜《やさい》がならぶようにしたいという夢《ゆめ》を語り、トビーは得意《とくい》の暗算で、いつになったら、その夢《ゆめ》が実現《じつげん》するかを計算しました。

「春さきのレタスとか、キャベツがいいんじゃないかな？」

ララはそれまで食卓《しょくたく》に上る野菜《やさい》やくだものがどこからくるかなんて、考えたこともなかったのですが、つりこまれて、レタスやキャベツもわるくないけど、新鮮《しんせん》なイチゴだったら、とぶように売れるんじゃないかと言ってみました。

「きみ、スケートが得意《とくい》なんだってね？」と、アレクが言いました。「スケートのほかに、何をやってるの？」

ララはどういうことかとまどいながら、答えました。

「家庭教師《かていきょうし》と勉強したり……」

トビーが口をはさみました。「スケートのほかに、趣味《しゅみ》みたいなこともあるんじゃないの？　ぼくはチェスが得意《とくい》だし、切手集めもやっている。アレクは絵がうまいんだ」

「ぼくは歌うのが好《す》きなんだ。スカラーシップを取って、音楽学校に入るといいって、聖歌隊《せいかたい》長《ちょう》さんに言われてるの」と、エドワードが言いました。

ハリエットが急いで言いました。

「ララはスケートのほか、フェンシングとバレエも習ってるのよ。ほかのことをするひまなんか、ないわ」

トビーがメモ帳を引きよせて言いました。

「きみ、起床《きしょう》は何時？　家庭教師《かていきょうし》と一日に何時間、勉強するの？　スケートとフェンシングとバレエに、どのくらいの時間を使っているの？」

ララが答えた時間数をすばやく計算して、トビーは、ララは、睡眠《すいみん》時間や食事その他の時間をさしひいて、ウィーク・デーの一日につき、二時間の自由時間があるはずだと言いました。

日曜日は一日たっぷり、使えるわけだしと。

ララはびっくりしていました。まるで、スケート場通いだけで満足《まんぞく》しているなんて、おかしいと言わんばかりではありませんか？

ハリエットのわからずやのきょうだいたちに、スケーターとしての自分をみとめさせたいと、ララはやっきになっていました。

「ひとりだと、何をやってもはりあいがないのよ。あたしね、ハリエットに会うまで、ふさわしい友だちがいなかったのよ」

「へえ、きみにふさわしい友だちって、どういうことかなあ？」と、アレクがききました。皮《ひ》肉《にく》でなく、本当に知りたがっているようでした。

ララは顔を赤らめました。いっぽう、トビーはまた、暗算をはじめていました。

「きみが通っているリンクに、スケートに熱中《ねっちゅう》している、同い年の子はどのくらい、いるのかな？」

「さあ、十人くらいかしら」

トビーはメモ帳に10と書き、ついでイングランドの町の数を書き、ひとつの町に平均《へいきん》いくつのリンクがあるか、思いめぐらしました。ひとつのリンクに有望《ゆうぼう》な子が十人いるとすると……。

「ぼくだったら、きみのおばさんに指摘《してき》したいな。きみにはたぶん、かくれたライバルがごまんといると思うんだ。ということはだよ、きみが世界チャンピオンになるチャンスはけっこうきびしいんじゃないかな」

ララは思わずかっとなりました。「失礼ねえ！　あたしはとくべつなのよ。シリル・ムーアの娘《むすめ》なんですもの！」

アレクがなだめました。「トビーが言いたいのはね、やりたいことがスケートだけじゃあ、物足りないんじゃないかってことなんだよ。たとえばさ、夜は何をしてすごしてるの？」

「テレビとか、ラジオとか……昼間は……そうだわ、あたし、自分の庭を持ってるのよ。庭づくりは健康《けんこう》にいいんじゃないかって、おばさんが言って……」

ちょっと思いついて、口にしたのですが、アレクとトビーはたちまち関心《かんしん》をしめしました。

「へえ、どんな庭？」

「庭園のはしのふちどり花壇《かだん》で、広さはかなりあるのよ。ナナがいっしょに庭づくりをするはずで、クマデや、手おし車や、ジョウロや、移植《いしょく》ごてなんかもそろえたんだけど、ナナったら、しゃがむと、腰《こし》がいたくなるって、もんくを言って。あたしもひとりぼっちだと、とてもつまらなくて……」

「その庭、今はどうなってるの？」

「庭師《にわし》のシンプソンが花を植《う》えてるわ。でも、あたしの庭だから、その気になれば、いつでも思うようにできるのよ」

アレクとトビーは顔を見あわせました。「見せてもらえるかなあ、きみのその庭？」

「ええ、もちろんよ。そうだわアレク、あそこにイチゴを植《う》えたらどう？　ナナにはないしょよ。いずれ、話すとしても、最初《さいしょ》はね。ナナは何でも、クラウディアおばさんにきいてからって言いはると思うし」

アレクは立ちあがって、部屋の中を行ったりきたり歩きまわりはじめました。もしかしたら……夢《ゆめ》にまで見た畑が実現《じつげん》するかもしれない……。そう思ったら、じっとしていられなかったのでした。

気がつくと、ハリエットがシャツのそでぐちを引っぱっていました。トビーが言いました。

「ハリエットがね、畑づくりを家族の誓《ちか》いにして、ララにも入ってもらおうって。さあ、手をつなごう!」

ララも、エドワードもまじって、つないだ手を高だかと上げました。

「いいかい? ガズル、ガズル、ガズル……」

アレクが音頭《おんど》をとって、いっせいに唱《とな》えました。

「ガズル、ガズル、ガズル、グワッ、グワッ、グワッ!」

「ガズルって、中学時代のウィリアムおじさんのあだ名なんだって。ぼくたち、重大な誓《ちか》いを立てるときにはいつも、ガズル、ガズルって、唱《とな》えることにしてるんだよ」と、トビーが説明《せつめい》しました。


帰りの車の中で、ナナがききました。

「今日は楽しかったみたいですね、ララ、とっても」

「ええ、楽しかったわ!」ララはナナを引きよせて、頬《ほお》にキスをしました。「ガズル、ガズル、ガズル……」

7　インター・シルバー

ジョンソン家ですごしたひとときは、ララのスケーティングの上達に大きな影響《えいきょう》をおよぼしました。ララはしばしば、「世界チャンピオン？　なりたくもないわ、そんなもの！」と、言いちらしていましたが、ジョンソン家でトビーに面と向かって、「きみが世界チャンピオンになるチャンスは、けっこうきびしいんじゃないかな」と言われたのが引き金になったのか、このところ、目立って練習に身《み》を入れだしたのです。

ララはまず、コーチのマックスの言うことに前より真剣《しんけん》に耳をかたむけるようになり、ほめ言葉を期待して、念入《ねんい》りに練習しました。インター・シルバー*のテストをいい点数でパスしようと決心したのも、トビーに思い知らせたいからだったようです。

マックスはある日、ナナに言いました。

「ちかごろ、ララは、見ちがえるようによくやっていますよ。ミセス・キングにそう伝《つた》えてください」

「おくさま、きっと大よろこびなさるでしょうよ」と、ナナは答えました。「ララのスケーティングに、そりゃあ、入れこんでおられますからね」

インター・シルバーのテストは、ララの十歳《さい》の誕生日《たんじょうび》の一か月後におこなわれました。試験場《しけんじょう》には小リンクがあてられ、テストのあいだは一般《いっぱん》のスケーターは立ち入り禁止《きんし》でしたが、ハリエットは、待ち時間のあいだ、ララがたいくつしないように、ずっといっしょにいました。

ララのその日のつきそいはナナでなく、家庭教師《かていきょうし》のミス・ゴールドソープでした。ミス・ゴールドソープは、はじめて会ったハリエットに関心《かんしん》をいだき、ならんですわりました。

「あなた、なんだか、心配そうねえ。どうかしたの?」と、ミス・ゴールドソープはききました。

「あたし、あのう、もしか、ララがしくじったらって心配なんです……」

「なぜ?」

「なぜって……ミセス・キングも、リンドブロムさんも、だれもかれも、ララがパスするって決めているんですもの。なのに、もしか……」

「あなた、いくつなの？」

「十歳《さい》です。ララの十歳のお誕生日《たんじょうび》のちょっと前に、十歳になったんです」

ミス・ゴールドソープはハリエットに、「あなただって、学校でテストを受けたことがあるんじゃなくて？」と、言いました。

「もちろん、あります。でも、スケートのテストは学校のテストとぜんぜんちがうんですもの」

「わたしはね、ララを教えることをたのまれるまでは、大きな公立学校で教えていたのよ。入学試験《しけん》を受ける生徒の家庭教師《かていきょうし》もしてきたわ。けっきょくのところ、試験ってみんな、似《に》たりよったりでね、つまり、本人しだいなのよ。まわりでやきもきしたって、どうしようもないわ」

「ええ、わかっています。でも、ミセス・キングも、リンドブロムさんも、ララがパスするって、はじめから決めこんでいるみたいで……もしか……もしか、ララがしくじったらって、あたし……」

ミス・ゴールドソープは上着のポケットから、小さな缶《かん》を取りだしました。

「これ、黒フサスグリのドロップよ。咳《せき》どめだけど、けっこうおいしいのよ。ひとつ、お取りなさい。そしてね、ララのことで気をもむのはおやめなさい。パスするのに必要《ひつよう》な技術《ぎじゅつ》をマスターしてさえいれば、パスするでしょうし、していなければ、次の機会《きかい》にがんばるだけのことですからね。それより、あなたのことをきかせてちょうだい」

ミス・ゴールドソープは、個人指導《こじんしどう》にあたる子どもについて、親身《しんみ》になって考える、良心的《りょうしんてき》な教師《きょうし》でした。病後、学校に通っていないというハリエットに関心《かんしん》をいだき、ハリエットもまた、それを感じたのでしょう、ララと知りあいになったいきさつを打ち明けたのでした。

そんなふうにして、ミス・ゴールドソープはハリエットから、病気のせいで、家族に心配をかけていること、アレクが新聞配達《はいたつ》をして、スケート靴《ぐつ》の借り賃《かちん》をはらっていること、ウィリアムおじさんのこと、お父さんの店のこと、つまり、何から何まできき だしたのでした。

ふたりとも、話に夢中《むちゅう》になっていたので、ララがテスト前の練習を終えてもどってきて、「あなたたち、何をぺちゃくちゃ、しゃべってたの?」と言ったときには、ハッとおどろいたくらいでした。

「ひどいじゃないの、ゴールディーも、ハリエットも、あたしの練習をそっちのけにして、何を話してたのよ?」と、ララは言いました。

ハリエットはすまなそうに顔を赤らめましたが、ミス・ゴールドソープはわらって言いました。「ハリエットがね、あなたがもしか、テストに受からなかったらって、くよくよ心配しているんで、気をもむ必要《ひつよう》はないって、言ってきかせていたのよ」

「あたしのテスト、もうじき、始まるのよ。ふたりとも、ちゃんと見ていてくれなきゃ」

審査員《しんさいん》は男女ふたりで、ふたりとも、毛皮のコートに身をつつんでいました。

ララはおちついた様子で、スケートにふみあらされていない場所を選んで、「始め」の合図がかかるのを待っていました。

ハリエットはララから、テストのおよそについてきかされていましたので、どういうことが要求《ようきゅう》されているのかをあるていど、理解《りかい》していましたが、ララのできについては、少しはなれたところに立ってながめているマックス・リンドブロムの表情《ひょうじょう》を見守るしか、ありませんでした。ララが規定《きてい》の図形を描《か》きおえたとき、ハリエットはマックスが満足《まんぞく》げに微笑《びしょう》するのを見ました。その笑顔《えがお》を見て、「ああ、うまくいったんだわ」と、ハリエットは心からほっとしたのでした。

つづいて、一分半のフリーの演技《えんぎ》がおこなわれました。ハリエットははらはらしどおしで、終わったときには、まるで自分がテストを受けたように、どっとつかれを感じていました。がまんしきれなくなって、ハリエットはマックスのそでをそっと引っぱりました。

「ララ、どうだったんですか？」

「うん、なかなかうまくやったよ」と、マックスは答えました。「くわしい点数は後できいてみるが」

テストが終わると、ララは審査員《しんさいん》にかわいらしくあいさつし、とぶようにもどってきました。マックスは大手をひろげてむかえて、「上出来《じょうでき》だ、ララ！　よくやった！」と、ほめちぎりました。

それをきいた瞬間《しゅんかん》、ララはそのまま、大リンクにすべり出て、両手を高だかと上げて一周《しゅう》しました。興奮《こうふん》を発散《はっさん》したかったのでしょう。

ララがインター・シルバーのテストを上々の成績《せいせき》でパスしたというニュースは、たちまちのうちに、リンクじゅうに広まりました。ララは十二点満点《まんてん》のインター・シルバーの関門《かんもん》を、九・三点という好成績《こうせいせき》でパスしたのでした。

帰りぎわ、コートおき場で、ララは壁《かべ》にもたれて腰《こし》かけにすわり、スケート靴《ぐつ》をはいた片足《かたあし》をハリエットの前につきだしました。

「ぬがせてよ、ハリエット、あたし、もうくたくた」

ハリエットがいそいそとララのスケート靴《ぐつ》の靴ひもをほどきにかかったとき、ミス・ゴールドソープのきびしい声がひびいたのです。

「何てことを言うんです、ララ！　自分でおぬぎなさい！」

ララはふくれっ面で、それでも、自分でスケート靴《ぐつ》をぬぎました。

「あたしはインター・シルバーのテストを受けたのに、ハリエットはそれをのんびり見物してただけじゃないの。スケート靴《ぐつ》をぬがせるくらい、してくれても、いいんじゃない？」

ミス・ゴールドソープはそれには答えませんでしたが、ララが靴《くつ》をはきかえて、コートを着ると、その頬《ほお》にキスをして言いました。

「おめでとう、ララ！　お祝《いわ》いに、帰りにカフェで何か、ごちそうしてあげましょう。ご苦労《くろう》さま！」

たちまち、ララはいつものかわいらしい、陽気な少女にもどっていました。

「ゴージャス・ゴールディ！　あたし、鼻がつんとするレモネードが飲みたいの。ハリエットは何にする？」

カフェで席《せき》を見つけて、ララはレモネード、ハリエットはココア、ミス・ゴールドソープはコーヒーを注文しました。

わかれぎわに、ララはハリエットにささやきました。

「帰ったら、テストのこと、トビーにくわしく話してね、あたしがすごくいい成績《せいせき》で、インター・シルバーをパスしたってきいたら、トビー、きっと後悔《こうかい》するわ。あのひと、あたしに、チャンピオンになんか、なれっこないって言ったのよ」
二、三日後のことです。マックス・リンドブロムがスケート・リンクのマネージャーのマシューズさんに面会して、一月に予定されている慈善《じぜん》目的の「氷の祭典《さいてん》」にララ・ムーアのエキシビションをおりこんではどうかと提案《ていあん》したのです。マシューズさんは大賛成《だいさんせい》でしたが、ちょっとびっくりしていました。それまでにも何度か、ララのエキシビションを提案《ていあん》していたのですが、そのつど、まだ早いと言われていたのでしたから。

「ぼくは子どもが早くからほめそやされて、いい気になり、コーチの言うことに耳をかたむけなくなるという例《れい》をたくさん、見てきたからね。ララにはまだ学ぶべきことがたくさんあるんだよ」と、マックスは言いました。「だが、子どもには刺激《しげき》も必要《ひつよう》だ。ララの場合、インター・シルバーを好成績《こうせいせき》でパスしたこの機会《きかい》に、そうした刺激《しげき》をいっぺん、あたえてみてはという気がしているのさ」

「問題は、あの子のおばさんだね。承知《しょうち》するかどうか」

マックスは、ミセス・キングは前まえからそれを望んでいたのだが、コーチの自分が待ったをかけていたのだと答えました。「あのおくさんにとっては、待ちに待ったチャンスだろうよ」

マシューズさんから、ララを中心にした「氷の祭典《さいてん》」を企画《きかく》したいという手紙を受けとったクラウディアおばさんは、たちまち乗《の》り気《き》になりました。

さっそくララに話そうと、おばさんは勉強部屋を訪問《ほうもん》しました。ひとつ家のなかなのに、訪問なんてと思われるかもしれませんが、おばさんが勉強時間ちゅうに顔を出すことはめったになかったのです。

「ミス・ゴールドソープ、もうしわけありませんが、ちょっとおじゃまします。ララにさっそくきかせたい、すばらしいニュースがあるものですから。ララ、たった今、リンクのマシューズさんからお電話があってね。一月の『氷の祭典《さいてん》』に、あなたのエキシビションをおりこんだら、どうかって」

ララはびっくりしてききかえしました。「マックスは？　マックスも賛成《さんせい》なの？」

「ええ、ええ、むしろ、リンドブロムさんの提案《ていあん》らしいわ。午後、リンクで、リンドブロムさんに会ったら、どんなプログラムを考えているのか、およその心づもりを、きいてごらんなさい。プログラムにあわせて、衣装《いしょう》を注文しなければなりませんからね。白を基調《きちょう》にしたらどうでしょうかしら、ミス・ゴールドソープ？　わたしたちの小さなスターのデビューの衣装《いしょう》は、白で統一《とういつ》するってことで？」

白がふさわしいかどうかはともかく、ミス・ゴールドソープは「わたしたちの小さなスター」という言いまわしに、つよい反発を感じました。それで、衣装《いしょう》のことにはふれずにつつましく、「はあ」と答えました。

クラウディアおばさんは手近の椅子《いす》に腰《こし》を下ろしました。

「それからね、ララ、もうひとつ、提案《ていあん》があるの。すぐれたスケーターはスリムでなくてはね。いまから一月の催《もよお》しまでのあいだ、ダイエットをしましょう。今後は、朝食とお茶に、パンの代わりにラスクを出すように、コックに話しておきますからね。そうね、ジャガイモもやめましょう。あまいものも」

ララはあっけにとられて、口をポカンと開けました。焼《や》きたてのトーストにバターをたっぷりぬって食べるのが楽しみだったからです。

ミス・ゴールドソープもとっさに言いました。「ララは、とくにふとっているわけでもないように思いますけれど」

クラウディアおばさんはにっこりしました。「ふつうの子どもでしたらね。でも、ララはふつうの子どもではありません。由緒《ゆいしょ》ある競走馬《きょうそうば》は幼《おさな》いときから、未来の王者《おうじゃ》として育成《いくせい》されるのです。崇高《すうこう》な目的のためには、わたしたち、あるていどの犠牲《ぎせい》をはらわないとね。わかるわね、ララ？」

わたしたちだなんて！　おばさんはトーストの代わりにラスクを食べるわけじゃないのに、あたしだけ？　ひどいわ！　あんまりだわ！

「つまり、何もかも、選ばれたる騎士《きし》の、栄《は》えある道を歩むためなのね？」

せいいっぱいの抗議《こうぎ》でしたが、おばさんはわらって、ララの頬《ほお》にかるくキスをしました。

「わたしだって、つらいのよ、ララ！」

おばさんが出て行くと、ララも、ミス・ゴールドソープも、しばらくだまっていました。ミス・ゴールドソープは、ララにダイエットを強《し》いることについて、ナナは不賛成《ふさんせい》だろうが、反対するわけにもいかないだろうと察《さっ》していました。

「ゴールディー、あたし、ふとりすぎだと思う？」と、ララにきかれて、ミス・ゴールドソープは正直に答えました。

「いいえ……でも、もともとスケートはわたしの領分《りょうぶん》じゃありませんからね。わたしがどうこういうのは筋《すじ》ちがいでしょうよ。さあ、今日は地理の勉強をするはずだったわね。地図帳はどこ？　アメリカのページを開いてくださいな」

8　クリスマス

十二月半《なか》ば、デイヴィッドおじさんとクラウディアおばさんが、カナダに住むデイヴィッドおじさんの妹夫婦《ふうふ》を訪問《ほうもん》することになりました。

これはじつは、デイヴィッドおじさんがナナから、そのクリスマス、ララがジョンソン家に招待《しょうたい》されているときいて、取りはからったことだったのです。

おじさんはまず、カナダの妹に電話して、このクリスマス、自分たち夫婦《ふうふ》を招待《しょうたい》してもらえないかとたのみました。その日、おじさんはたまたま街角《まちかど》で、ララの家庭教師《かていきょうし》のミス・ゴールドソープとぱったり出会っていたのです。

ミス・ゴールドソープはもともとおじさんを、話のわかる、感じのいいひとだと見さだめていましたし、おじさんはミス・ゴールドソープを、すぐれた教師《きょうし》であるばかりでなく、ララを心から愛《あい》してくれる、ありがたいひとだと思っていました。おじさんはミス・ゴールドソープをお茶にさそいました。カフェでお茶を飲みながら話しあううちに、ララのあたらしい友だちのハリエットのことが話題にのぼったのです。

「ええ、ララはあの一家の一人ひとりにプレゼントを贈《おく》ろうと、それはそれは楽しみに計画しているようでしてね。でもご承知《しょうち》のように、ララの毎日は予定がぎっしりつまっていて、買い物をする時間が取れないんです。それで、わたしが買い物役を引きうけて」と、ミス・ゴールドソープは言いました。「でもねえ、たった十歳《さい》の子が、クリスマスの買い物もできないくらい、予定にしばられているなんて、あんまりだとお思いになりませんか?」

「まったくです。しかし、ララの後見人《こうけんにん》は家内《かない》ですからね。残念《ざんねん》ながら、私《わたし》には口出しはできないのです。私《わたし》にできるのは、ララがプレゼントを買う費用《ひよう》を持つくらいのことで……どうか、あの子の希望《きぼう》を十二分に満《み》たしてやってください」

「ありがとうございます。たとえば、ララはハリエットに、スケート靴《ぐつ》を贈《おく》りたいと言っているんですけど、ララのおこづかいではそれはちょっと……」

「費用《ひよう》はすべて、私《わたし》が持ちます。ララがハリエットと友だちになったことは、双方《そうほう》のために、たいへん、ありがたいことだったんじゃないですかね」

「同感《どうかん》です。ララには同じ年ごろの友だちとのつきあいが必要《ひつよう》だと、わたし、かねがね思っていたんですの。スケートにあのように時間を取られているのでなかったら、学校に通わせることが望《のぞ》ましいんですが」

二人は顔を見あわせました。同時に、同じことを考えていたのです。

まだ学校にもどれずにいる病後のハリエットにとっても、ララといっしょにミス・ゴールドソープのもとで勉強するのは、このうえないチャンスではないでしょうか？

「家内《かない》には、私《わたし》が提案《ていあん》してみましょう。ただ、ジョンソン夫妻《ふさい》がどう言うか」と、デイヴィッドおじさんはつぶやきました。

「賛成《さんせい》なさるんじゃないでしょうかね。病後のハリエットがつかれすぎないように、ナナさんが気をつけてくださるでしょうし、ララにとっては、このうえない仲間《なかま》ができるわけですからね」

おじさんたちのカナダ行きのことをきいたとき、ララの頭にまずうかんだのは、クリスマスは一日じゅう、ジョンソン家ですごせるということでした。お茶のひととき、ナナとミス・ゴールドソープも加わるはずでした。

クリスマスの二日まえ、さまざまなごちそうをつめた大きなかごが、有名な食料品店《しょくりょうひんてん》からジョンソン家に配達《はいたつ》されました。はなやかな赤いリボンが結《むす》ばれ、ヒイラギの小枝《こえだ》がさしてありました。中の品物がひとつずつ、取りだされるにつれ、どっと歓声《かんせい》が上がりました。

クリスマス当日はあいにく、どんよりくもった、冴《さ》えない日でしたが、ジョンソン家は空気まで光りかがやいているようでした。

ララは、一家が朝食をすませたばかりのところに、車で到着《とうちゃく》しました。オリヴィアが七面鳥《しちめんちょう》をオーブンに入れたり、ごちそうの準備《じゅんび》にいそがしくしているあいだに、ジョージがみんなをつれて、教会のクリスマス礼拝《れいはい》に出席《しゅっせき》しました。

家にもどると、キッチンと食堂をつなげた空間のテーブルの上に、クリスマスのごちそうがならんでいました。オリヴィアは長い、赤いロウソクを二本立てて、ヒイラギの葉を散《ち》らし、デイヴィッドおじさんのプレゼントの大かごの中に入っていた、六頭のトナカイの引くソリをあやつるサンタクロース像《ぞう》をおき、豪華《ごうか》な食卓《しょくたく》をしつらえていました。

ごちそうにしたつづみを打ち、楽しい話題にわらったり、拍手《はくしゅ》したり、クラッカーをふたり一組で引っぱって、出てきた玩具《おもちゃ》を見て、歓声《かんせい》を上げたり、ドッとわらったり、時間はたちまちすぎてお茶の時間となり、ミス・ゴールドソープとナナがお客にくわわりました。そのころにはだれもが満腹《まんぷく》して、おいしいケーキを口におしこむのがやっとでした。

ララは生まれてはじめて大家族のクリスマスの仲間《なかま》入りをしたわけで、お茶の後のお皿洗《さらあら》いまで、楽しくてたまりませんでした。ツリーのロウソクに灯《あかり》がともり、プレゼント交換《こうかん》のときがきたとき、その胸《むね》はなんとも言えない興奮《こうふん》におどっていました。

それまでララが知っていたのは、彼女《かのじょ》中心のクリスマスでした。ララはもちろん、コックやメイドや運転手たちにプレゼントを贈《おく》りましたが、召《め》し使《つか》いたちは輪《わ》になって、デイヴィッドおじさんとクラウディアおばさんから、またミス・ゴールドソープとナナからララへのプレゼントを、ララが開けるのを見まもる習《なら》いだったのです。

ところが今年は、ジョンソン家流のクリスマスでした。まずお客さまからというわけで、ミス・ゴールドソープとナナへの、クラウディアおばさんからのプレゼントが披露《ひろう》されました。ナナは手仕事《てしごと》のためのバスケット、ミス・ゴールドソープはしゃれた雨傘《あまがさ》をもらいました。

そしてようやく待ちに待った瞬間《しゅんかん》、ララからジョンソン一家へのプレゼントを開けるときがきたのです。ララは、それぞれの反応《はんのう》をドキドキしながら待ちうけていました。

最初《さいしょ》に開けられたのは、アレクへのプレゼントでした。それは野菜《やさい》の栽培《さいばい》についての写真入りの大きな本で、はさんだカードに「ガズル、ガズル、ガズル、クワッ、クワッ、クワッ！ララより」と記されていました。

トビーへのプレゼントは万年筆で、エドワードへのそれはメカノ社の組み立てキットの大箱《おおばこ》でした。

いちばんセンセーショナルだったのはハリエットへのプレゼントでした。箱《はこ》の中から取りだされたのは、白い革《かわ》の見事《みごと》なスケート靴《ぐつ》だったのです。ひとめ見て、ハリエットの顔はかがやきました。内からかがやきでているような光にあふれた、その顔を見て、オリヴィアは思わず言いました。

「ハリエット、あなた、そんなにスケートが好《す》きになっていたの？」

その夜、ハリエットは何度もプレゼントの箱《はこ》のふたを開けては、中のスケート靴《ぐつ》が消えていないか、たしかめました。「あたしのスケート靴《ぐつ》。あたしの最初《さいしょ》のスケート靴……」と、胸《むね》の

うちでくりかえしていました。

クリスマスの翌日《よくじつ》の十二月二十六日、新聞配達《はいたつ》を終えたアレクが集配所《しゅうはいじょ》によると、プルトンさんが待っていました。

「今日はボクシング・デーといってね、雇《やと》い人《にん》に贈《おく》り物《もの》をする日なんだよ。きみは私《わたし》の雇《やと》い人《にん》と言ってもいいだろう。いっしょにジンジャー・ワインで、ボクシング・デーを祝《いわ》おうじゃないか」

ちりひとつない、プルトンさんのキッチンで、ふたりはむかいあって、ジンジャー・ワインを飲みました。プルトンさんからアレクへのプレゼントは革製《かわせい》の貯金箱《ちょきんばこ》でした。

「きみの夢《ゆめ》はどうなった？　仔馬《こうま》と荷馬車は買えそうかね？」

「まだまだです。でもハリエットがクリスマス・プレゼントにスケート靴《ぐつ》をもらったんで、今後は、ぼくが新聞配達《はいたつ》で得《え》た分をまるまる貯金《ちょきん》できるんです。つまり週二シリングじゃなく、十四シリングも」

プルトンさんはお金のたいせつさをよくよく知っているひとでしたから、「へえ、十四シリングも！」と感心したようにつぶやきました。

「それに、妹の友だちの庭づくりを手伝うという話もあるんです。どんな土地か、まだ見ていないんですが、手始めに、イチゴを植《う》えようかと思っています」

「この前、会ったとき、私《わたし》はきみに、馬のことを話し、きみは私に、仔馬《こうま》と荷馬車を買って、市場から新鮮《しんせん》な野菜《やさい》を仕入《しい》れ、お父さんの店で売ろうという、きみの夢《ゆめ》について話してくれた。商売もわるくないが、ものを育てるというのは、すばらしいことだよ。きみの妹の友だちの土地に何を植《う》えるか、そこからどういった収穫《しゅうかく》を期待しているのか、おいおい、私《わたし》にもきかせてくれたまえ。きみの夢《ゆめ》に乾杯《かんぱい》しようじゃないか」

こう言って、プルトンさんはジンジャー・ワインのグラスを上げたのでした。

プルトンさんの心づかいがありがたかったので、アレクはハリエットに、ララの庭というのをいっぺん、見せてもらいたいんだがと言いました。クラウディアおばさんがカナダから帰ってくるまえに見ておきたいと思ったのです。たまたま庭師《にわし》が休みを取っているのも、好都合《こうつごう》でした。

郵便はがき

料金受取人払郵便

銀座局
承認

4146

差出有効期間
平成31年６月
30日まで

104-8790

628

東京都中央区銀座４－５－１

教文館出版部 行

◉裏面にご住所・ご氏名等ご記入の上ご投函いただければ、キリスト教書関連書籍等のご案内をさしあげます。なお、お預かりした個人情報は共同事業者である「(財)キリスト教文書センター」と共同で管理いたします。

●今回お買い上げいただいた本の書名をご記入下さい。

書名

●この本を何でお知りになりましたか

1．新聞広告（　　　）　2．雑誌広告（　　　）　3．書　評（　　　）

4．書店で見て　　5．友人にすすめられて　　6．その他

●ご購読ありがとうございます。

本書についてのご意見、ご感想、その他をお聞かせ下さい。

図書目録ご入用の場合はご請求下さい（要　不要）

教文館発行図書 購読申込書

下記の図書の購入を申し込みます

書　　　　　　　名	定価（税込）	申込部数
		部
		部
		部
		部
		部

●ご注文はなるべく書店をご指定下さい。必要事項をご記入のうえ、ご投函下さい。
●お近くに書店のない場合は小社指定の書店へお客様を紹介するか、小社から直送いたします。
●ハガキのこの面はそのまま取次・書店様への注文書として使用させていただきます。
●DM、Eメール等でのご案内を望まれない方は、右の四角にチェックを入れて下さい。□

ご氏名　　　　　　　　歳　ご職業

（〒　　　　　　　）
ご住所

電　話
●書店よりの連絡のため忘れず記載して下さい。

メールアドレス
（新刊のご案内をさしあげます）

書店様へお願い　上記のお客様のご注文によるものです。
着荷次第お客様宛にご連絡下さいますようお願いします。

ご指定書店名

住　　所

取次・番線

（ここは小社で記入します）

ララがこのことをミス・ゴールドソープに話すと、庭づくりはあなたの体づくりのためにも、けっこうなことじゃないかという返事がかえってきました。

「だけど、ゴールディー、これ、おばさんには秘密《ひみつ》なのよ。ハリエットにお兄さんがふたりもいること、あたし、おばさんに話してないの」

秘密《ひみつ》というのが気に入りませんでしたが、体づくりに役立つことなら、問題はないのではと、ミス・ゴールドソープは判断《はんだん》しました。

「お願《ねが》い、ゴールディー、もしもナナがあたしをさがしたら、ちょっと庭に出ているって、言ってちょうだい。だれといっしょかはだまっていてね」

「いいですよ。でも、わたしにだけは、かくしごとをしないでくださいね」

ララの庭へのアレクたちの訪問《ほうもん》は、たいへん都合《つごう》よく運びました。ララはアレクたちに手伝って畑のまわりにぐるっと石をおきました。庭師《にわし》が気づいても、ララのしたことなら、文句《もんく》を言うわけがありません。トビーが面積《めんせき》を計算し、手帳に書きつけて、まずレタスの種《たね》をまいてみてはと言いました。レタスの種《たね》なら、そう高くはないしと。秋に仕事にかかっていたら、イチゴが栽培《さいばい》できたのにと残念《ざんねん》そうでした。

ララは畑のまわりを石でかこうことにさえ、スリルを感じていました。ひとりぼっちのときとは大ちがいです。アレクが、問題は、雑草《ざっそう》をぬいたり、水まきをしたりすることだと言ったとき、ララは、水まきや草とりは自分が引きうけようと申し出ました。

「デイヴィッドおじさんに、説明しておくわ。あなたたちがあたしに庭いじりの手ほどきをしにくるんだって」

トビーはめがねごしに、ララの顔を見やって言いました。

「庭いじりは、きみにもきっと役に立つよ。人生の目標《もくひょう》をたったひとつにかぎるのは、賢明《けんめい》じゃないからね。もしか、スケートのチャンピオンになれなかったら、アレクの出荷《しゅっか》の手伝いをすればいい」

インター・シルバーのテストを好成績《こうせいせき》で通過《つうか》したという事実を力に、ララは胸《むね》をはって答えたのです。

「おあいにくさまね、トビー、このぶんで行くとあたし、もうじきチャンピオンに手がとどくのよ。うそだと思ったら、この水曜日から二週間後の、あたしのエキシビションを見にくるといいわ！」

9　氷の祭典《さいてん》とその後

ミス・ゴールドソープの授業《じゅぎょう》ばかりでなく、スケートの練習や、ダンスの教室や、フェンシングの練習に、ハリエットがくわわることで、ララの競争心《きょうそうしん》が刺激《しげき》され、練習にはずみがつくとしたら、考えてみる価値《かち》はあるんじゃないか……と、まあ、そんなふうに、デイヴィッドおじさんはクラウディアおばさんに持ちかけたのでした。

それは提案《ていあん》ともいえないほど、さりげない、ほんの感想のようなものでした。それでおばさんははじめのうち、あまり気にとめなかったのです。そのころ、おばさんの頭は、ララの出場する「氷の祭典《さいてん》」のことでいっぱいだったのですから。

ただ、おばさんはふだんから、ララに功名心《こうみょうしん》というか、競争心《きょうそうしん》が欠けていることを残念《ざんねん》に思っていました。世界チャンピオンへの道はけわしいのです。石にかじりついてもというくらいの、強い気持ちがなくては。そうした心構《こころがま》えを、今後、ララに期待できるかどうか……。

いっぽう、おじさんはジョージ・ジョンソンにあてて、おくさんとハリエットといっしょに、氷の祭典《さいてん》にぜひ出席《しゅっせき》してもらいたい、いいチャンスだから、家内《かない》に紹介《しょうかい》したいのだという手紙をそえて、三人分の入場券《にゅうじょうけん》を送りました。

ハリエットはもちろん、胸《むね》をとどろかせて、その日を心待ちにしていましたが、当夜の服装《ふくそう》のことが気がかりでした。ララの話では、クラウディアおばさんは毛皮のコートに、内側《うちがわ》に毛皮をはったブーツをはいて出かけるということで、ハリエットはナナに心配を打ちあけました。

「あのう、あたし、また、あの茶色のビロードを着ていくことになりそうなんだけど、かまわないかしら？　マミーも、毛皮のコートなんか、持っていないし」

「ララが着られなくなったピンクのスプリング・コートがあるのよ。あれを貸《か》してあげましょう」と、ナナは答えました。「あなたのお母さまは何をお召《め》しになっても、お品《ひん》よく見えるかたですからね。心配することはありませんよ」

「氷の祭典《さいてん》」はたいへんな前評判《まえひょうばん》で、入場券《にゅうじょうけん》ははやばやと完売《かんばい》、クラウディアおばさんのブリッジ仲間《なかま》がララの演技《えんぎ》を見ようとそろって出席《しゅっせき》するというので、おばさんは鼻高だかでした。

「氷の祭典《さいてん》」そのものは慈善《じぜん》目的の年中行事でしたが、エキシビションにシリル・ムーアの忘れがたみである、十歳《さい》の天才少女ララ・ムーアが登場するというのが人気をよんでいました。

当夜、クラウディアおばさんはリンクの入り口でマネージャーのマシューズさんにむかえられ、感謝《かんしゃ》の言葉とともに、ピンクのカーネーションの大きな花束《はなたば》を贈《おく》られました。座席《ざせき》につくと、ブリッジ仲間《なかま》があちこちから手をふってあいさつし、おばさんはにこやかに手をふりかえしました。

エキシビションの演技者《えんぎしゃ》は、ララだけではありませんでした。世界チャンピオンもひとり、招《まね》かれていましたし、ソロのスケーターばかりでなく、ペアのスケーターも技《わざ》を競《きそ》いあうことになっていました。外国籍《がいこくせき》のアイス・ダンサーも登場するはずでした。

こうした折《おり》にはふつう、近隣《きんりん》のわかいスケーターのデビューがそえものとは言えない注目を浴《あ》びるのですが、ララの登場は地元へのサービスという以上に重視《じゅうし》され、休憩《きゅうけい》時間に先だつ前半のプログラムの最後をかざる好位置《こういち》をあたえられていました。

ララのその日の衣装《いしょう》は白いサテンの胴《どう》着《ぎ》に、同じく純白《じゅんぱく》の、バレリーナのそれのような、ぱっと開いたスカートの上にうすい紗《しゃ》のネットがフワッとかかり、ララが動くにつれて、無数《むすう》の銀色の星がきらめきました。いつものボンネットのかわりに、模《も》造《ぞう》ダイヤの銀色の粉末《ふんまつ》をふりかけた、きっちりした帽子《ぼうし》をかぶっていました。

マックス・リンドブロムは「虹《にじ》の果《は》て」の調べをバックに、ララの愛《あい》らしさがいかされるようなプログラムを工夫《くふう》していました。前奏《ぜんそう》の低い調べがささやきかけるようにひびいたとき、スポットライトの中心にララの姿《すがた》がうかびあがったのです。静かな夜の森にふさわしいメロディーにつれて登場した妖精《ようせい》の王女。氷上の冷《つめ》たい光の中にうかんだ、その姿《すがた》はなんとも愛《あい》らしく、チャーミングで、たちまち、嵐《あらし》のような拍手《はくしゅ》が響《ひび》きわたりました。ララ自身、その一分一分に魅《み》せられているかのようで、もっとも得意《とくい》とするジャンプとスプレッド・イーグル*を含む連続技《れんぞくわざ》をたくみにこなしました。観衆《かんしゅう》の拍手喝采《はくしゅかっさい》がこころよい興奮剤《こうふんざい》となって、ララはのりにのっていました。

「すばらしいわ!」と、オリヴィアがつぶやきました。「ああ、まったく」と、ジョージも言いました。

「ララはね、もっとむずかしいこともできるのよ」と、ハリエットが言いました。ララの友だちだということが言いようもなく晴れがましく、誇《ほこ》らしかったのです。

クラウディアおばさんはなかば夢見心地《ゆめみごこち》でした。ララの将来《しょうらい》についての夢がすでに実現《じつげん》したかのような、高揚《こうよう》した気持ちでむかえた休憩《きゅうけい》時間、おばさんはデイヴィッドおじさんにうながされて、学校時代の友人だというジョージ・ジョンソン夫妻《ふさい》と握手《あくしゅ》しました。かたわらのハリエットを目にとめて、おばさんはオリヴィアに言いました。

「お宅《たく》のこのお嬢《じょう》さんは学校をしばらくお休みなさっているとか。ララといっしょにミス・

ゴールドソープの指導《しどう》を受けてはいかがでしょうか？　ララもお友だちがいっしょのほうが楽しいでしょうし、スケートの練習にも、はずみがつくかもしれませんし。いずれ、お電話いたしますから、宅《たく》に一度、お茶においでになりませんか？　具体的《ぐたいてき》なご相談をいたしましょう」

「まあ、ありがとうございます。万事《ばんじ》、お目にかかりましたうえで」と、オリヴィアは感じよく答えたのでした。

座席《ざせき》にもどると、ハリエットはオリヴィアの手をつかんで言いました。「マミー、ほんとなの？　ララといっしょにゴールディーに教わるなんて、夢《ゆめ》みたい！」


「氷の祭典《さいてん》」の成功後《せいこうご》、ララはちょっと変《か》わりました。ララはもともと、打てばひびくような、いきいきした個性《こせい》の持《も》ち主《ぬし》でしたが、中央の新聞のスポーツ欄《らん》で取りあげられ、ほめちぎられ、写真がたびたび掲載《けいさい》されるにつれて、自分を取りまく小世界の重要《じゅうよう》人物のような意識《いしき》をいだくようになってしまったのです。

「シリル・ムーアの忘《わす》れがたみであるララ・ムーアの将来《しょうらい》に、スケート界は大きな期待をよせている」

「不世出《ふせいしゅつ》の天才、シリル・ムーアの娘《むすめ》ララ」、「二世スケーターのはなやかなデビュー」といった記事を、クラウディアおばさんはスクラップ・ブックにはって、いちいち、ララに見せていました。

「氷の祭典《さいてん》」いらい、ナナとミス・ゴールドソープにとって、ララは前よりあつかいにくい子どもになっていました。ふたりとも、ララを愛《あい》していましたし、いっときの成功《せいこう》に取りのぼせているだけで、まあ、熱病《ねつびょう》のようなものだと思ってはいましたが、そのいっぽう、今のうちに手を打たないと、この子はたいへんなうぬぼれやになってしまうのではないかと心配せずにはいられなかったのです。コックやメイドたち、運転手までがララを誇《ほこ》りにし、ほめそやすのも、こまったことでした。

ハリエットにとって、ミス・ゴールドソープの授業《じゅぎょう》をララとともに受けるようになったのは、このうえなくうれしいことではありましたが、ララの大きな態度《たいど》にとまどうこともしばしばでした。

「ゆずってばかりいてはだめですよ、ハリエット」と、ナナはおりおり言いました。「いやなことは、はっきり『いや』と言わなくちゃ」

ミス・ゴールドソープは、ナナに言いました。

「ハリエットがいっしょに勉強するようになったのは、じつにいいタイミングでしたよ。ララは近ごろ、勉強に身《み》が入らなくてね。ハリエットを引きあいに出すことで、なまけ心をなんとか、おさえているような具合《ぐあい》で」

ミス・ゴールドソープはララの思いあがりをほんのいっときのことだと考えていましたが、スケートのコーチのマックス・リンドブロムはある日、思いあまったように、ナナにこぼしました。

「ミセス・キングがくだらない新聞記事や写真を、ララに見せるせいで、あの子は近ごろ、さっぱり努力《どりょく》しなくなってしまった。シルバー・テストは手ごわいんです。インター・シルバーとは、比《くら》べものになりません。ララは苦手のブラケット*の練習をおろそかにしがちでね。まるで上《うわ》の空《そら》なんですよ」

ブラケットとはどういうものか、ナナは知りませんでしたが、ララのコーチとしてのマックスをふかく信頼《しんらい》していました。

「ララに、よく言ってきかせますよ。あの『氷の祭典《さいてん》』いらい、少々思いあがっていますけど、それもいっときのことだと思いますしね。根はかしこい、気のいいお子ですから」

思いあがってしまったのは、こまったことに、ララだけではありませんでした。クラウディアおばさんにとって、「氷の祭典《さいてん》」は夢《ゆめ》のように晴れがましく、そのこころよい興奮《こうふん》が忘《わす》れられず、ある日、おばさんはリンクのマネージャーのマシューズさんに言いました。

「『氷の祭典《さいてん》』への出場はララにとって、このうえなくすばらしい刺激《しげき》になったように思います。これまで、わたし、ララに、より高い目標《もくひょう》をめざす熱意がもう少しあったらと、残念《ざんねん》に思っていたんですの。今のララに必要《ひつよう》なのは成功《せいこう》の味わいと、観衆《かんしゅう》の拍手喝采《はくしゅかっさい》ではないでしょうか？　ほかの地域《ちいき》でああしたイベントがあったら、ぜひ出場させてください」

クラウディアおばさんのこの言葉をきいて、マシューズ氏はふたつのことを感じました。ひとつは、ララが慈善《じぜん》目的のイベントに参加《さんか》することはララの所属《しょぞく》する、この自分のリンクの威《い》信《しん》を増《ま》すことにつながるだろうということ、もうひとつは、ララのコーチであるマックス・リンドブロムは、ララのイベント参加《さんか》をよろこばないだろうということでした。マシューズさんは答えました。

「今シーズン、ララが参加できるようなイベントはふたつあります。開催地《かいさいち》のひとつはロンドン、もうひとつは南海岸の避寒地《ひかんち》です。具体的《ぐたいてき》な交渉《こうしょう》はおまかせください。ただ、コーチのリンドブロム氏が何と言われるか……」

「ララの後見人《こうけんにん》として、わたしはあの子に関《かん》するすべてをまかされております」と、クラウディアおばさんはきっぱり言いました。「あの子にとって、何がよいか、よくないか、それはわたしが判断《はんだん》いたします。リンドブロムさんに前もって申し上げる必要《ひつよう》はありません」

ララが南海岸の慈善《じぜん》目的のイベントに参加《さんか》するということが耳に入ったとき、マックス・リンドブロムは腹《はら》を立《た》てました。たまたま、ミス・ゴールドソープがララにつきそってリンクにきていたので、マックスは彼女《かのじょ》に、いかりをぶちまけました。

「エキシビションもたったの一度なら、刺激《しげき》になるかもしれないと思ったんですが、ララの場合はマイナスでした。いまじゃ、あの子はいっぱしのスターきどりです。『ブラケットなんて、その気になれば、何でもないわ。うるさいこと、言わないでちょうだい、マックス』って具合《ぐあい》で、気に入らないこと、不得意《ふとくい》なことは、てんで練習しようとしないんですよ。あらたにエキシビションに出場するなんて、とんでもないことです」

「ララがいい気になっているのは確《たし》かです。でも、スケートに関《かん》しては、わたしには何ひとつ口出しできないんですよ」と、ミス・ゴールドソープは答えました。「わたしの授業《じゅぎょう》でも、このところ、ララは少々あつかいにくくなっていましてね。授業《じゅぎょう》を受けるのが、あの子ひとりだからじゃないか、同じ年ごろの競争《きょうそう》相手がいれば、勉強にもっと身《み》を入れるんじゃないだろうかと思ったものですから、あなたもごぞんじの、あのハリエットをいっしょに教えることにしたんです。スケートについても、同じことが言えるんじゃないでしょうかねえ」

そう言われて、マックスは氷上に目をやりました。もたもたしているハリエットに、ララが何か言いながら手を貸《か》しています。どうやら、ララはハリエットに、フィギュア・スケートの手ほどきをしているようです。見まもっているうちに、マックスの表情《ひょうじょう》がほんの少し明るくなりました。

「ミセス・キングに会って、ララがここで練習するときに、ハリエットもいっしょにレッスンを受けてはどうかと、話してみましょう。ハリエットは進歩したい一心《いっしん》で、リンクにいるあいだ、ほんの一分もむだにせずにがんばっています。あの子の存在《そんざい》によって、ララの練習に熱《ねっ》がくわわれば、願《ねが》ったり、かなったりじゃないですか」

そんな次第《しだい》で、キング家のお茶にまねかれたオリヴィアにミセス・キングは、ララが受けている授業《じゅぎょう》やレッスンへのハリエットの参加を提案《ていあん》したのでした。

そうした提案《ていあん》をきいて、ハリエットはもちろん、天にものぼる心地《ここち》でした。

「じゃあ、あたしも、ゴールディーやマックスから習えるのね？　ララの家に毎日、寄《よ》って、お茶によばれるのね？」

オリヴィアはハリエットをだきよせて、キスをしました。「ええ、でもときにはララとナナに、わたしたちの家のお茶にきてもらいましょうね」

同じニュースをクラウディアおばさんからきいたララは、すぐ問いかえしました。

「だったら、ハリエット、毎日、うちにくるわけ？　これからはレッスンもいっしょ、お茶もいっしょなのね？」

クラウディアおばさんは、ちょっと眉《まゆ》をひそめて答えました。「毎日って、わけじゃないのよ。ときには、ハリエットの家のお茶にきてもらいたいって、ミセス・ジョンソンが言うものだから、むげにことわるわけにもいかなくて」

オリヴィアはハリエットが何よりも、スケートのレッスンをよろこんでいるのに気づいて、意外《いがい》に思いました。

「ついこのあいだまで、あなたは、リンクの中に入ったことさえ、なかったのにねえ」

「ええ、スケートをマックスから教わるなんて、ほんとに夢《ゆめ》みたい！」

10　シルバー・テスト

ミス・ゴールドソープの授業《じゅぎょう》は、教わるララとハリエットにとっても、教えるミス・ゴールドソープにとっても、それまでよりずっと楽しいひとときになりました。ふたりの学力はほぼ同じくらいでした。ララはハリエットとちがって、地理や理科が好《す》き、歴史も、年号をおぼえるのが得意《とくい》でした。ハリエットは読書好《ず》きで、シェークスピアが大好《だいす》き、作文ぎらいなララとちがって、なかなか味のある文章を書きました。算数はふたりとも苦手でしたが、計算問題の答えあわせで、相手に勝つと晴れがましく、負けると、この次はがんばろうという気持ちになりました。

十一時にナナがミス・ゴールドソープにお茶を、ララとハリエットのために牛乳《ぎゅうにゅう》を運んできます。おいしいビスケットがそえられていました。

クラウディアおばさんは服装《ふくそう》を基準《きじゅん》に、人柄《ひとがら》を判断《はんだん》するひとです。ハリエットは毎朝、キング家に到着《とうちゃく》すると、たいてい着がえをしました。ララが着られなくなったドレスやブラウス、スカートを、ナナはハリエットの寸法《すんぽう》に合わせて直しておきました。

月曜と木曜の正午、ミス・ゴールドソープはふたりをアロンゾ・ヴィットリのダンス教室につれて行きます。ララがすっきりした優雅《ゆうが》な姿勢《しせい》を身《み》につけるようにというねらいなので、ダンスは二の次でした。はじめのうち、ハリエットはただ見学しているだけだったのですが、ある日のこと、アロンゾがハリエットを立たせて、ララに言いました。

「ララ、ごらん、ハリエットの立《た》ち姿《すがた》を。手をこういうふうに自然《しぜん》にたらすんだよ。ぼくが教えたわけでもないのに、この子はきみより、ずっとすっきり立っているじゃないか」

ララはそれまでだれかと比較《ひかく》してけなされたことがなかったので、ぷっとふくれました。でも、アロンゾのその言葉に刺激《しげき》されて、「すっきりした立《た》ち姿《すがた》」を目ざす気をおこしたようで、その日から、ハリエットも、アロンゾの教えを受けることになったのでした。

ララはもともとフェンシングが大好《だいす》きでしたから、命じられるまでもなく、熱心《ねっしん》に稽古《けいこ》をしました。でも先生のムッシュー・ゴードンは同じくらいの背丈《せたけ》の相手がいれば、ララの稽古《けいこ》に

いっそうはずみがつくのではないかと思いつき、息子《むすこ》のひとりにハリエットを託《たく》して、ララの相手ができるように手ほどきをさせました。

水曜日と土曜日にとくに予定がなければ、ミス・ゴールドソープはララとハリエットを、美術館《びじゅつかん》とか、博物館《はくぶつかん》とかいった、教育的な施《し》設《せつ》につれて行きました。でも、そうした外出はしばしば、ララの服の仮《かり》ぬいや寸法《すんぽう》あわせで中止になりました。

スケートの練習が勉強時間に食いこむことが度重《たびかさ》なり、その埋《う》めあわせに土曜日があてられることがあるので、ララとハリエットにとって、土曜日は休日とは言えませんでした。

でもミス・ゴールドソープは土曜日の午前中の勉強時間を、ふたりにとって、できるだけ、楽しいひとときにしようと考えているらしく、ある土曜日には植物研究という名目《めいもく》で、公園が臨《りん》時《じ》の教室になりました。由緒《ゆいしょ》ある建築物《けんちくぶつ》を見学することもありましたし、地理の勉強のために、地図を片手《かたて》に遠出《とおで》することもあったのです。

ミス・ゴールドソープ自身、土曜日にはしたいことがたくさんあったのですが、ララが衣装《いしょう》選《えら》びや仮《かり》ぬいのために、自由時間をしばしばつぶされているのを知っていましたから、自分の時間をさいても、ララに子どもらしいよろこびをあたえたいと思っていたのです。それなのに、土曜日の貴重《きちょう》な朝の時間まで、クラウディアおばさんの思いつきで、つぶれることが度重《たびかさ》なりました。

あるとき、リンクで、ミス・ゴールドソープはマックス・リンドブロムをつかまえて言いました。「あなたは今のところ、土曜日の午後にララを教えていらっしゃるけれど、それを午前中に変《か》えることはできないかしら？」

「どういうことですか？」と、マックスはききました。

「このところ、土曜日の朝が、仮《かり》ぬいとか、衣装選《いしょうえら》びでつぶれることが多いものですからね」と、ミス・ゴールドソープは答えました。

「なるほど」と、マックスは目をキラッと光らせてうなずきました。よくわかったというように。

数日後、クラウディアおばさんはミス・ゴールドソープに、どういうわけか、マックス・リンドブロムが土曜日の午後のララのレッスンを午前中に変《か》えてほしいと申し入れてきたと言いました。

「しかたありませんわね。コーチの都合なんでしょうから。ララの仮《かり》ぬいにも、土曜日は使えなくなりましたしね」

「わかりました。こちらは何とか、やりくりいたしましょう」と、ミス・ゴールドソープはつつましく答えながら、頭の中で早くも土曜日の午後について計画を立てはじめていました。本来なら、読書にふけったり、レコードをきいたり、劇場《げきじょう》に出かけたり、ひとりで心ゆたかにすごしたいのですが、これからはララとハリエットのために使おうと決心していたのでした。

ミス・ゴールドソープはまず、ハリエットの家を訪問《ほうもん》しました。いそがしいオリヴィアはお客にキッチンの椅子《いす》をすすめ、洗《あら》いものをしながら、話に耳をかたむけました。ミス・ゴールドソープも心えたもので、布巾《ふきん》で食器をふきながら、自分の心づもりを話しました。

「ララは気のいい、かわいらしい子です。でも、このままでは、うぬぼればかり強い、わがまま娘《むすめ》になりかねません。わたしには、それが見ていられないんです。お宅《たく》のハリエットがララといっしょに勉強するようになったのは、このうえなくありがたいことです。でもハリエットは今のところ、ララの言うなりで……」

オリヴィアはソース鍋《なべ》を洗《あら》いながら、答えました。

「ハリエットは、ララを崇拝《すうはい》していますのでね。あの子、ララを手伝えるのがうれしいんじゃないでしょうか。それにあの子なりに、スケートに夢中《むちゅう》ですし、ララがたまさかいばっても、ハリエットが傷《きず》つくことはないと思います。個性《こせい》の強いきょうだいたちにもまれて育ちましたから、あれで、見かけよりはるかにタフなんですよ。この秋には十一歳《さい》になることですし」

「それをうかがって、安心いたしました。スケートのレッスンが土曜日の午後から午前に変《か》わったのはごぞんじでしょうね?」

「ええ、わたしたち、とてもうれしく思っていますのよ。これまでは、みんなが家ですごすときに、ハリエットが留守《るす》ということがしばしばだったものですから」

「そのことをご相談したくて、わたし、今日、こちらにうかがったんですの。わたし、土曜日の午後を、ララとハリエットにとって、目先《めさき》の変《か》わった、とても楽しいひとときにしたいんです。協力《きょうりょく》していただけないでしょうか？」

「もちろんですわ。居間《いま》にまいりましょう。お皿《さら》ふきを手伝っていただいたおかげで、朝の用事がはやばやとかたづきましたし」

ある日、ミス・ゴールドソープはクラウディアおばさんに、ララがハリエットの兄さんのアレクとトビーから庭づくりの手ほどきを受けたいと言っているのだが、庭づくりはララにとって、持ってこいの運動ではないだろうか、身をかがめたり、のばしたりといった動作を、なんべんもすることになるし――と提案《ていあん》しました。

クラウディアおばさんはしゃんとした姿勢《しせい》が自慢《じまん》で、毎朝、自室で二十五回、屈伸《くっしん》運動をしていました。庭づくりをしていれば、ひとりでに屈伸《くっしん》運動をするわけで、ララにはまさにうってつけです。

南海岸でのエキシビションもはなばなしい成功《せいこう》をおさめ、ララの活躍《かつやく》はふたたび、新聞紙上をにぎわしていました。

「ミス・ララ・ムーアは秋にはまた、どこかのイベントの花形《はながた》になることでしょうよ」と、クラウディアおばさんは意気《いき》ようようと言いました。

ハリエットにとっても、ララの成功《せいこう》は自分のことのようにうれしかったのですが、ときおり、ひそかな心配に胸《むね》がうずくことがあったのです。マックス・リンドブロムのもとでフィギュア・スケートの初歩の手ほどきを受けるうちに、ハリエットはいろいろなことに気づくようになりました。ハリエットにたいするマックスのレッスンは、彼女《かのじょ》がララの練習をしっかり見守り、その結果《けっか》、ララが練習にもっと身《み》を入れるようになるのではないかというねらいだったのです。ところがマックスが思った以上に、ハリエットは言われたことをそのつど、自分の練習にいかし、成功《せいこう》するまで、つかれも見せずに、真剣《しんけん》に取り組みました。

スケートについて知れば知るほど、ハリエットは、ララのことが心配でなりませんでした。ララはブラケット・ターンの練習をしているはずでした。ハリエット自身はまだ、ブラケット・ターンを試《こころ》みる段階《だんかい》ではありませんが、マックスが図解《ずかい》し、実演《じつえん》して見せてくれたので、理想的《りそうてき》なブラケット・ターンがどんなものか、それなりに理解《りかい》していました。

ララはいつも、「ブラケットなんか、チョロいものよ」と、言いちらしていましたが、ハリエットはララのすべった跡《あと》を見るかぎり、ブラケットについては、シルバー・テストをらくらくパスするとは言えないのではないかという気がしてならなかったのです。マックスはハリエットにたびたび、ララがちゃんと練習しているかときききました。言いつけ口はいやでしたが、ララはちゃんとやっていませんでした。それでいて自信満々《まんまん》で、インター・シルバーのときと同様、高得点《こうとくてん》でパスすると決めていたのです。氷の祭典《さいてん》や南海岸での成功《せいこう》が大きな自信となって、ララはシルバー・テストの合格《ごうかく》を信じきっていたのでした。

ハリエットはもちろん、自分が心配しても、どうにもならないと承知《しょうち》していました。でもときおり、もしもララがシルバー・テストをしくじったら、この自分はどうなるのだろうと、考えずにはいられませんでした。マックスが自分にレッスンをしてくれるのは、ララが練習にはげむためなのだ。ララがパスしなかったら、クラウディアおばさんは言うでしょう。「ハリエット・ジョンソン、今日からあなたはリンクにも、うちにも、くるにおよびません。ミス・ゴールドソープの授業《じゅぎょう》もおしまいです。あなたがくるまで、ララは失敗《しっぱい》ということを知らなかったのですから」と。

　ある日、ハリエットはあやうくララと言いあらそいをするところでした。ララはそのとき、アクセル・ジャンプを練習していました。ララはアクセル・ジャンプが大好《だいす》きで、折《おり》あるごとに試《こころ》みていました。

　ララは観衆《かんしゅう》を前にすると、いっそうはりきるたちの子でした。ナナにしろ、ミス・ゴールドソープにしろ、自分の演技《えんぎ》を見ていてくれれば、練習にはずみがつくのに、小リンクの観客《かんきゃく》はハリエットひとりです。「ハリエット、見て、見て！」、「これ、あなたにはむりよね、ハリエット、とってもむずかしいんだから！」「さあ、やるわよ、ハリエット！」といった具合《ぐあい》に、ララはひっきりなしに、ハリエットによびかけました。

　ララの四度目のアクセル・ジャンプをながめながら、ハリエットはつい口ばしってしまったのです。「ええ、すてきだわ。でも、ララ、あなた、ブラケット・ターンの練習をするはずじゃないの？　けさ、あたし、カレンダーを見たんだけど、テストまで十三日しか、ないのよ」

　ララはもちろん、自分がブラケット・ターンの練習をなまけていることを自覚《じかく》しており、最《さい》後《ご》の二、三日、集中的に練習するつもりでした。でもまだスケートを始めて日のあさいハリエットにそう言われて、カッとなったのです。

「うるさいわねえ、何にも知らないくせに！　もちろん、あたし、シルバーをらくらくパスするつもりよ。でも万一《まんいち》、落ちたら、あなたのせいですからね！　テストについて、ろくに知らないひとが口出しするのは、よくないのよ。ゴールディーだって、そう言ってるわ」

ララがいきりたっているのがわかり、ハリエットはできるだけ、あたりさわりのない口調《くちょう》で言いました。

「あなたがパスしないなんて、あたし、ひとことも言っていないわ。ただ、今日はまだ、ブラケット・ターンの練習をしていないみたいだから……」

「よけいなこと、言わないでちょうだい！　あたし、口出しされるのって、大きらい！　とくにあなたなんかから、言われたくないわ！」

居丈高《いたけだか》な口調《くちょう》を、ナナがききとがめて言いました。「ふたりとも、ここにいらっしゃい！」

ふたりが近よると、ナナはララに言いました。「あなた、ハリエットをなんだって、どなりつけていたんですか？」

「あたしのことに、うるさく口出ししないでって言ってたのよ」

「口出しのどこがいけないんですか？　ララ、あなた、このごろ、練習をなまけていますね。

テストが近いんだし、もっとしっかり練習しなくちゃ」

小リンクにもどるうちに、ララの機嫌《きげん》も直り、ふたりは元どおりのなかよしになっていました。

でもテストの日が近づくにつれて、ハリエットの心配はつのり、アレクが気づいてきました。

「どうしたんだい、ハリエット？　何をくよくよ心配しているんだね？」

「ハリエットはね、ララがシルバー・テストをしくじるんじゃないかって、気をもんでいるんだよ」と、トビーが察《さっ》して言いました。

ハリエットはトビーに心配を見すかされて、腹《はら》を立《た》てました。

「うそよ！　あんなテスト、ララはらくらくパスするに決まってるわ！」

「もちろんだよ」と、お父さんのジョージが言いました。「氷の祭典《さいてん》のララには、まったく感心させられた。テストなんか、かるくパスするさ」

オリヴィアは、ハリエットにキスをしました。「そのテスト、早く終わるといいわね。ミス・ゴールドソープは、この夏の土曜日のために、すてきな計画を立てていらっしゃるようよ」

家族がだれひとり、ララの成功《せいこう》をうたがっていないので、テストの朝にはハリエットも、くよくよ心配するのをやめていました。ミス・ゴールドソープにとっては、テストの結果《けっか》は問題ではなく、努力《どりょく》の過程《かてい》にこそ、意味があるので、もちろん、しごくおちついていました。

その朝のテストは大リンクの一隅《いちぐう》をロープで仕切っておこなわれました。ララはいつものように、白いショート・シャツに白いスカート。小さな白いボンネットを頭にかぶっていました。手袋《てぶくろ》も白革製《しろかわせい》でした。

「二人とも、あたしの合格《ごうかく》をいのっててね」と、ララは言いました。

ララのテストは半時間後におこなわれました。インター・シルバーのときとちがって、審査員《しんさいん》はふたりとも女性でした。ララはおちついた様子で立ち、「始め」の合図《あいず》がかかるのをじっと待っていました。

ハリエットは、手すりの近くのマックスを見やりました。片手《かたて》をズボンのポケットにつっこみ、マックスは真剣《しんけん》な表情《ひょうじょう》で、ララの立《た》ち姿《すがた》を見つめていました。

ハリエットも今ではあるていど、フィギュア・スケートについて知っていました。ハリエットが立っている場所からは、大リンクの中央近くで、ララがトレースを描《か》く様子がはっきり見えませんでした。それでふたりの審査員《しんさいん》の表情《ひょうじょう》から、ララのできばえを判断《はんだん》しようとしたのですが、二人とも、ほとんど無表情《むひょうじょう》で、その様子からは何の手がかりも得《え》られそうにありませんでした。

図形の課題《かだい》が終わったとき、ハリエットは思わず吐息《といき》をついて、「よかった。今度はフリーよ、ゴールディー」と、ささやきました。「ララ、フリーはお得意《とくい》だから」

ところが、審査員《しんさいん》はララに声をかけて、何か言っているようでした。ララは頭をふりあげ、むっとした表情《ひょうじょう》で答えていました。

「ブラケットをもう一度ってことらしい」と、マックスがつぶやきました。「フォワード・インサイド*をもういっぺん、やらされるんじゃないかな」

「ララ、パスできそう?」と、ハリエットはドキドキしながらききました。

マックスは低い声でささやきかえしました。

「身《み》を入れて練習していないからね、ブラケットは」

インター・シルバーのときとは大ちがいで、審査員《しんさいん》は微笑《びしょう》してはいましたが、満足《まんぞく》の微笑とは見えませんでした。

テストを終えたララはマックスにひとこと何か言って、あごをつんと上げ、ハリエットとミス・ゴールドソープのところにもどってきました。

「ミス・ララ・ムーアは今回は期待はずれよ。見事に落第《らくだい》しちゃったわ」

「残念《ざんねん》ね。点数はどうなの？　ほんの少し、足りなかっただけなんでしょ？」と、ゴールディーがききました。

「おあいにくさま。及第点《きゅうだいてん》は五十四点なのに、あたしは四十一点しか、取れなかったのよ」

11　さまざまな計画

　ララにとって、シルバー・テストの失敗《しっぱい》をクラウディアおばさんに報告《ほうこく》しなければならないのは、言いようもなく情《なさ》けないことでした。帰りみち、ミス・ゴールドソープはつとめて、ほかのことを話題にしようとしましたが、だれも応《おう》ずる気はなさそうでした、ララがむっつりしているので、ハリエットも何も言えず、ミス・ゴールドソープが話しかけても、「ええ」とか、「いいえ」と答えるのがやっとでした。

　ハリエットは、テストに失敗《しっぱい》したのが自分だったら、大泣《おおな》きしていただろうにと、ララの上気《じょうき》した横顔《よこがお》を見つめていました。口もとをキュッと結《むす》び、こっちがうっかりなぐさめの言葉を口にしようものなら、かみつかれるんじゃないかと思うほどでした。車が屋敷《やしき》に到着《とうちゃく》する前に、ララはひどくいばった口調《くちょう》で言いました。

「おばさんには、あたしが話すわ。だれも、何も、言わないでちょうだい。あたしがシルバーをパスできなかったのはね、審査員《しんさいん》が不公平《ふこうへい》だったからよ」

ミス・ゴールドソープは顔をくもらせました。試験《しけん》に失敗《しっぱい》した子が、すべてをひとのせいにするのを、しばしば見てきたからでした。でも、この際《さい》、ララをたしなめるつもりはありませんでした。

「そうね、おばさまには、本人のあなたが報告《ほうこく》したらいいでしょう。リンドブロムさんも、秋にまた挑戦《ちょうせん》するだけのことだと言っていらしたし。ハリエットとわたしは、勉強部屋にいますからね」

ナナは、ララがテストに失敗《しっぱい》したことをミス・ゴールドソープからきき、ララの寝室《しんしつ》で待っていました。ララはあいかわらず、かみつきそうな顔つきでしたが、ナナは無言《むごん》でコートをぬがせて、それをクローゼットにつるしました。いつもどおりのあたたかい、やさしいナナでした。きのどくそうな表情《ひょうじょう》も見せず、とくに気づかっているようにも見えませんでした。ナナがいつもどおりなので、ララも緊張《きんちょう》をとき、そのとたん、ただただみじめで、悲しくて、両《りょう》腕《うで》をナナに投げかけて、わっと泣《な》きだしました。

ナナは肘《ひじ》かけ椅子《いす》に腰《こし》を下ろして、ララをしっかりだきしめました。涙《なみだ》を流しながら、すすりあげながら、ララは、テストに落ちて、死ぬほど、くやしく、はずかしいと言いました。クラウディアおばさんは腹《はら》を立《た》てて、あたしを殺《ころ》すかもしれない。でも悪いのは審査員《しんさいん》たちだ。あたしはちゃんとやったのに……いずれきっと世界チャンピオンになって、あの審査員《しんさいん》たちを見かえしてやる……後悔《こうかい》させてやる……。

ララのすすり泣《な》きが少しおさまったとき、ナナは、おくさまはたぶん、ララがちゃんと練習しなかったからだとおっしゃるだろうと答えました。ララは、ブラケットはもともと苦手で、練習する気がしなかったことをみとめました。おばさんはきっと、ハリエットをいっしょに勉強させたり、レッスンを受けさせたりしたのがまちがいのもとだったのだと言うだろう。ハリエットがこなくなったら、何もかもうおしまいだ。楽しいことなんか、何ひとつ、起こらないだろう。ああ、どうしたらいいの、どうしたら……。

ララがようやく涙《なみだ》をおさめたとき、ナナは泣《な》きはらしたララの頬《ほお》にたれかかる髪《かみ》の毛《け》をかきあげて、ハンカチーフをわたしました。

「さあ、顔を洗《あら》っていらっしゃい。そんな顔をおばさまに見せたくはないでしょう？　このところ、あなたは少々いい気になって、リンドブロムさんの言うことを、ちゃんときいていませんでしたしね。でも、テストはこれでおしまいってわけじゃないんでしょ？」

ララは涙《なみだ》ながらに、テストは秋にまたあるはずだと答えました。

「だったら、泣《な》くことはありませんよ。テストをまた受けるだけのことじゃないですか？」

「でも、あたし……」と、ララはしゃくりあげながら言いました。「また受けるなんて、いやなのよ。一回でパスしたかったのに……」

「一回でパスできりゃ、そのほうがいいにきまってますけどね。さあ、着がえをして、おばさまのところにいらっしゃい。テストがうまくいかなかったことを報告《ほうこく》して、秋には受かるように、ちゃんと練習するって、言ったらいいじゃありませんか。おばさまだって、わかってくださいますよ」

ララは洗面台《せんめんだい》のところに行って、顔を洗《あら》いはじめましたが、ふとふりかえって言いました。

「でもおばさん、きっと腹《はら》を立《た》てるわ。もしか、おばさんが、『ハリエットがあなたといっしょに勉強したり、練習したりしてきたのは、あなたがちゃんと練習するためだったのに、あなたはシルバーをパスできなかった』、そう言って、ハリエットをここにこさせなくなったら、あたし、どうしたらいいの？　何もかも、ひとりぼっちでやるなんて、もういや！」

ナナは顔をくもらせました。ミセス・キングがそう言うことは、じゅうぶん想像《そうぞう》できました。せっかく、ララに友だちができて、スケートも、勉強も、以前《いぜん》と大ちがいの楽しいものになりはじめていたのに。

「おくさまは何時ごろ、お帰りかしらね」と、ナナはつぶやきました。「わたしだったら、キングさまにお電話して、どうしたらいいか、うかがいますがね。何か、思いついてくださるかもしれませんよ」

ララは夢中《むちゅう》で、電話のところにとんで行きました。そうです。デイヴィッドおじさんなら、何か、思いついてくれるにちがいありません。

おじさんは食事に出かけるところだったのですが、受話器《じゅわき》を取って、ララの声をきくと、「天才少女くんはテストをパスしたんだろうね？」と言いました。

「天才少女なんかじゃないわ、デイヴィッドおじさん、あたし、シルバー、落ちちゃったの」

おじさんはわらって、「そりゃ、おきのどくさま」と言いました。

「おじさんはわらいとばしちゃうけど、クラウディアおばさんはショックを受けるわ。ねえ、どうしたらいい？　おばさん、ハリエットに、もうこないでいいって言うんじゃないかしら」

おじさんには、助けをもとめているララの気持ちが理解《りかい》できました。

「ちょっと待ちたまえ。さあ、どうしたらいいかなあ」おじさんは椅子《いす》を引きよせてすわり、メモ帳にララの泣《な》き顔《がお》を描《か》きました。それから、その前に立っているクラウディアおばさんの姿《すがた》を描《か》きました。そのとたん、おじさんの頭に、名案《めいあん》がひらめいたのです。

「きみが将来《しょうらい》、一流のスケーターになることができれば、それはそれですばらしいがね。そんなものになりたくないひとだって、世の中にはたくさんいるんだよ」

「でも、あたし、なりたいのよ。世界チャンピオンになりたいの」

「ハリエットも、きみがそうなるのを願《ねが》っているんだね？」

「ええ、とっても。ハリエット、あたしに、もっとちゃんと練習しなくちゃいけないって、言ったのよ。でもあたし、うるさがって、はねつけたの」

「ふうん、ハリエットはきみにとって、とてもありがたい友だちみたいじゃないか。おばさんがきみに、ハリエットはもうきみといっしょに勉強したり、練習したりする必要《ひつよう》はないと言ったら、ハリエットがいなかったら、勉強も、スケートもする気にならないって答えたらいい」

ララがびっくりしてハッとあえぐのをきいて、おじさんはつづけました。

「ハリエットがいっしょでなかったら、きみにとって、勉強も、スケートも、これまでほど、楽しくなくなるにきまっているからね。じき夏になる。夏のあいだはどうせ、スケートはお休みだろう？　おばさんはね、何があろうと、きみといっしょにスケートをやめてもらいたくないんだよ。だからハリエットはたぶん、これからも、きみといっしょに勉強したり、スケートをしたりすることになると思うよ。夏が終わって、リンクにもどったとき、きみが気持ちを入れかえて、いっしょうけんめい練習すれば、おばさんにも、ハリエットがきみにとって、どんなにありがたい友だちか、よくわかるんじゃないだろうか」

ララは考えこんだ様子で、ナナのところにもどりました。ナナに、おじさんの言ったことを話すと、ナナはちょっとあきれた顔をしました。

「まあ、それって、おどしみたいなものじゃありませんか！　ハリエットといっしょでなかったら、勉強も、スケートもしたくないなんて！」

「おじさん、まるで、あたしがスケートをしようが、やめようが、たいしたちがいはないって、思ってるみたいだったわ。クラウディアおばさんとは大ちがい。あたし、ホッとしたような、気がぬけたような、とってもへんな気持ち」

クラウディアおばさんはその日、さまざまな用事でいそがしかったらしく、昼すぎに帰宅《きたく》しました。

「どうだったの、ララ？　点数は？」と、おばさんはききました。

「ひどかったわ。あたし、シルバー、落ちちゃったの」と、ララは答えました。

「落ちたって……ララ、まさか、あなた……」

「ほんとよ。四十一点しか、取れなかったの。ブラケットの練習、する気がしなくて。『練習しなけりゃ、シルバーはむりだ』って、マックスはうるさく言ったし、ハリエットも、自分のことみたいに心配して、あたしに練習させようとしたのよ。でもあたし、ふたりの言うことをきかなかったの」

クラウディアおばさんは、ララがシルバーをゆうゆうパスすると思いこんでいたので、びっくりしただけでなく、腹《はら》を立《た》てました。ブリッジ仲間《なかま》に何と言ったらいいのでしょう？

「ララ、わたしたち、少し話しあわなければね。客間《きゃくま》にいきましょう」

クラウディアおばさんの声音《こわね》に、ララはそらおそろしくなって、いきなり言いました。

「いくら話しあったって同じことよ。落ちたのはあたしなんだし」

おばさんはララから、テストについてすっかりききだしました。ララのトレースがひどかったこと、練習不足がたたったこと、マックスの言うことをきいて、忠実《ちゅうじつ》に練習していれば、こんな結果《けっか》にはならなかったことを。これからはもっと、集中して練習するような条件《じょうけん》をととのえなければ――そう思ったとき、おばさんはふと頭にうかんだことを口にしていました。

「秋には、らくらくパスするように、リンドブロムさんにとくべつレッスンをお願《ねが》いしましょう。夏のあいだも、なんとかレッスンをつづけて……」

「それはだめよ。マックスは、夏にはいつもスウェーデンに帰るんですもの」

「だったら、ほかの方法《ほうほう》を考えましょう。たしかにちかごろ、あなたは練習をなまけていたようね。気が散《ち》って、スケートに集中できなかったんじゃないの？　ハリエットがあなたといっしょにスケートをしたり、勉強したりすることが、あなたのスケーターとしての将来《しょうらい》にとって、ほんとうにプラスになるのかどうか、わたし、もともと疑問《ぎもん》に思っていたんですけどね。ミセス・ジョンソンに電話して、この計画はいちおう中止ということにしようかと……」

そんなことになったら、どうしたらいいのか。ララはとっさに言いました。

「だったら、あたし、スケートをやめるわ」

おばさんはびっくりしました。ララがスケートをやめる？　まさか！

「ララ、まあ、何てことを！　本気で言ってるんじゃないでしょうね？」

「もちろん、本気よ。ハリエットがいっしょにやらないなら、スケートも、勉強も、ぜんぜん楽しくないんですもの」

クラウディアおばさんはすぐには言葉が出ないほどのショックを受けていました。

「ララ、ここにおすわりなさい」

ララはいやいや、おばさんとむかいあわせの椅子《いす》にすわりました。

「わたしはこれまで何もかも、スケーターとしてのあなたの将来《しょうらい》のためを思って、はからってきたんですからね」と、おばさんは言いました。「あなたには、すばらしい天分《てんぶん》があたえられているのよ、ララ。今日の失敗はきれいさっぱり、忘《わす》れましょう。いっそう高い目標《もくひょう》を目ざして、これまで以上にしっかり進んでいこうじゃないの」

「ええ、あたし、これからも、選《えら》ばれたる騎士《きし》の道を進《すす》むつもりよ。ただね、ハリエットといっしょじゃないと、がんばる気がしないのよ、スケートも、勉強も」と、ララはここぞとばかりに言いました。

おばさんはララにやさしくキスをしました。

「わかったわ。これまでどおり、ハリエットといっしょにおはげみなさい。でもね、なまけてはだめよ。選《えら》ばれた騎士《きし》の道はせまく、けわしいんですからね」

夏のあいだ、リンクは休み、コーチのマックス・リンドブロムもスウェーデンに帰ってしまいました。クラウディアおばさんは彼《かれ》に、残ってララを指導《しどう》してもらえないかと言ったのですが、マックスは、「ララは練習のしすぎでスランプに落ちいっているようです。さしあたっては楽しんですべるのにとどめておくほうがいいと、ぼくは思います」と、そくざにことわってしまったのでした。

そのいっぽう、マックスは別《わか》れぎわに、ハリエットにこう言いました。

「秋には、きみにも、ひとふんばりしてもらうよ。クリスマス後に初級とブロンズのテストがあるからね。きみとララが同じときにテストを受けるのが、おたがいのためにいいんじゃないかと、ぼくは考えているんだよ」

マックスにそう言われて、ハリエットは天にものぼる心地《ここち》でした。テストに挑戦《ちょうせん》できるなんて、それまで夢《ゆめ》にも考えていなかったからでした。夏が終わってリンクが再開《さいかい》したら、その日から練習にはげもう。テストに合格《ごうかく》できるように、せいいっぱい、がんばろう。

問題は、ハリエットが練習にはげめば、ララの練習を見守るよゆうがなくなることです。クラウディアおばさんはハリエットに、ララといっしょにスケートをしたり、勉強したりという特権《とっけん》の代わりに、ララが秋のシルバー・テストを満点《まんてん》に近い点数でパスするように協力《きょうりょく》してもらいたいという意味のことを、伝えていました。

そう言われるまでもなく、ハリエットはララの高得点《こうとくてん》の合格《ごうかく》を願《ねが》っていました。ララはテストに失敗《しっぱい》した当座《とうざ》は、かなり熱心に練習していました。それでマックスも、練習のしすぎは感心しないと言ったのです。でも、ララはもともとあきっぽいたちで、フィギュアの基本《きほん》図形のひとつがかなり達者《たっしゃ》に描《か》けるようになると、たちまち、いい気になって、その後はそれまでほど、練習に打ちこまなくなる傾向《けいこう》があったのです。

ただその夏、すてきなことがいくつか、重なって起こり、ララも、ハリエットも、秋のテストのことはどうかすると、念頭《ねんとう》からはなれていました。

まず、ミス・ゴールドソープとの土曜日の午後の遠足がありました。ある土曜日は川船に乗りこんで、グリニッジ天文台に行きました。デイヴィッドおじさんの持ち船に乗って、ウィンザーやハンプトン・コートに行ったこともありました。ウィンブルドンのテニス大会には、ゴールディーの招待《しょうたい》を受けて、アレクとトビーとエドワードもいっしょに行きました。リージエント・パークでシェークスピア劇《げき》を観劇《かんげき》したこともありました。

ララはハリエットの家族、とくにトビーに、テストに落ちたことを知られたくなかったのですが、みんなはそんなことはとっくに知っていて、気にかけてもいませんでした。テストなんて、また受けるだけのことだと思っていたのです。

その夏のすばらしいできごとはアレクの夢《ゆめ》の実現《じつげん》でした。アレクはトビーと相談して、新聞配達《はいたつ》で得《え》たアルバイト料で、コヴェント・ガーデンの市場で新鮮《しんせん》なくだものや野菜《やさい》をしいれました。早起きすると、授業《じゅぎょう》ちゅうにねむくなるので、毎朝、出かけるわけにはいきませんでしたが、そうしたくだものや野菜《やさい》（ララの畑の収穫《しゅうかく》もふくめて）をあてにして、ジョージの店に立ちより、ついでにウィリアムおじさんから送られてくるウサギとか、野菜《やさい》を買ってくれるお客もいて、近ごろ、ジョージの店はけっこう繁昌《はんじょう》していました。

七月に入ると、デイヴィッドおじさんとクラウディアおばさんはカナダに出かけました。ナナも十日ほど、中部イングランドに住む妹夫婦《ふうふ》を訪問《ほうもん》しました。ナナの留守《るす》ちゅうは、ミス・ゴールドソープがララといっしょにいてくれることになっていました。

ララの庭が一変《いっぺん》したのは、ナナの留守《るす》のあいだのことでした。それまで、ララの庭というのはふちどり花壇《かだん》のひとつで、ここにアレクとトビーの監督《かんとく》と助力《じょりょく》のもとに、ララとハリエットはトマトやレタスやキュウリを植《う》えていたのでした。

その夏、クラウディアおばさんは、シンプソンという名のわかい庭師《にわし》を雇《やと》い入《い》れていました。シンプソンは働《はたら》き者《もの》で、自分が管理《かんり》している庭に誇《ほこ》りを持っていました。シンプソンは、秋のために、美しい花の咲《さ》きかおるふちどり花壇《かだん》を計画しており、ララの畑が目ざわりであること、ふたりの少年がララとハリエットを手伝って、イチゴやキュウリやレタスを栽培《さいばい》していることを見てとりました。

シンプソンはララに、（そのじつ、アレクとトビーに）、ふちどり花壇《かだん》の代わりに、菜園《さいえん》の一隅《いちぐう》を提供《ていきょう》しようと言いました。ララを先頭に菜園《さいえん》に行ってみると、シンプソンが代わりに提

供しようとしているのが地味《ちみ》の肥《こ》えた、日あたりのよい、すばらしい土地であることがわかったのです。裏木戸《うらきど》が近いのも好都《こうつ》合《ごう》です。

シンプソンは、アレクがさきざき農園経営《けいえい》の夢《ゆめ》を持っていることを知り、好意《こうい》をいだいて、その夢《ゆめ》の実現《じつげん》のために協力《きょうりょく》してもいいとさえ、考えていたのです。

「ここならもうしぶんありません」と、アレクはシンプソンに言いました。「ただ、ミセス・キングは、ぼくらがララの花壇《かだん》を野菜畑《やさいばたけ》にしていることを知らないんですよ。これだけの土地の収穫物《しゅうかくぶつ》を、ララひとりで取り入れることはできないでしょう。

ぼくら、たびたびここにこなきゃならないと思いますが」

シンプソンは頭をかきかき、考えました。ミセス・キングはメイドたちの話から察《さっ》すると、ひどく口《くち》うるさいおくさんのようです。畑づくりは健康的《けんこうてき》な作業だし、ララお嬢《じょう》さんのこの友だちは気のいい働《はたら》き者《もの》らしい。自分が手を貸《か》したからといって、こまった立場に追いこまれる心配もなさそうだ。

「そっちさえ、よかったら、手を貸《か》してもいいがね」と、シンプソンは言いました。「くる時《じ》刻《こく》がわかれば、裏木戸《うらきど》を開けといてあげよう」

シンプソンが立ちさると、ひとしきり、畑の寸法《すんぽう》を測《はか》ったり、必要《ひつよう》なそえ木、竿《さお》などの本数を計算したり、たとえば、ここにイチゴを植《う》えた場合、どのくらいの収穫《しゅうかく》が期待できるか、およそのところを計算したり、たいへんなさわぎでした。ララはそのすべてに関《かか》わり、ハリエットと同じくらい、興奮《こうふん》していました。

「イチゴがなったら、網《あみ》をかけないとね」と、トビーが言いました。「鳥に食われちゃ、元《もと》も子もないからね」

「イチゴはレッスンの前に、ハリエットとあたしがつむわ」と、ララが言いました。

「いいや」と、アレクが言いました。「前の晩《ばん》につんで、ハリエットが持って帰ることにしたらいい」

「でもあたし、リンクから、じかに家に帰ってしまうこともあるのよ」と、ハリエットがこまったように言いました。「そういう日は、どうしたらいいの?」

「そういう日には」と、アレクがララに言いました。「きみがつんでおいたのを、トビーが受けとりにくることにしよう。トビーが見とがめられないように気をつけないと。ぬすんだと思われかねないからね」

「だいじょうぶよ。あたしが練習に打ちこんでいるかぎり、おばさん、あたしのことに口出ししないから」と、ララはきっぱり言いました。

ハリエットが言いました。「じゃあ、これで決まりね。誓《ちか》いを立てましょうよ、みんなで」

アレクがまず、低い、おごそかな声で唱《とな》えました。「ジョンソンきょうだいとララ・ムーアは、今日のいっさいを、ほかにもらさないことを誓《ちか》う」

「ガズル、ガズル、ガズル」と、四人はいっせいに唱《とな》えました。「グワッ、グワッ、グワッ!」

12　ララとループ・ジャンプ

九月一日は朝から陽ざしがつよく、うんざりするほどの暑さでしたが、ハリエットの胸《むね》は高鳴っていました。リンクがオープンするからです。

「けさはハリエット、ばかに元気そうじゃないか」と、朝食のテーブルで、お父さんのジョージが言いました。「ずっと顔色がわるくて、こりゃまた、ぶりかえしたんじゃないかと心配していたんだが」

「ほんとにねえ。何かいいことがあるのかしら」と、お母さんのオリヴィアも言いました。

「そうだわ、リンクがオープンするのね。あなた、ほんとにスケートが好《す》きなのねえ」

一か月のブランクの後でしたから、リンクの入り口から入ったときのうれしさは、たとえようもありませんでした。入ったとたんに顔をあわせたのは、スケート靴《ぐつ》の貸出所《かしだしじょ》のサムでした。

「やあ、しばらくぶりだね」と、サムはにっこりしました。「おすわり。あんたのひょろ脚《あし》はちっとはよくなったかね？」と、ハリエットをすわらせて、脚《あし》にさわり、「おどろいたねえ！　短期間で、こんなに変《か》わるとは思わなかったよ」と、感嘆《かんたん》しました。「それに、ずいぶん達者《たっしゃ》にすべってるそうじゃないか？　いまじゃ、ピカいちのスケーターのひとりだってね？」

「そんなこと、だれにきいたの？」

「わけ知りスズメの一羽からね。おれには、とくべつの情報網《じょうほうもう》があるんだよ。ところで、ララはどうしてる？」

「まだワイト島よ。一週間後に帰ってくるんですって。そのころには、マックスも、もどってるでしょうから」

「フーン、もういっぺん、シルバーに挑戦《ちょうせん》するわけか。へたな鉄砲《てっぽう》も、数撃《かずう》ちゃ、当たるってね」

「ひどいこと、言うのねえ。ララ、いっぺんで受かるはずだったのよ。ただ……」

「わかってるよ。ちゃんと練習しなかったんだろ？　わけ知りスズメもそう言ってたよ。ララに、おれからって、伝言してくれないか？　『あんたのお父さんは、あんたがフィギュア・

スケートに、やたら入れこむのを、あまりよろこばないんじゃないかなあ』って。すばらしいひとだったよ、シリル・ムーアは。スケートを心底楽《しんそこ》しんでやっていたっけ」
「いまのララに、そんなこと、言えっこないわ。ララ、クラウディアおばさんに、シルバーをいっぺんでパスするって、約束《やくそく》してるのよ。もしも落ちたら、クラウディアおばさん、何もかも、あたしのせいだって言うんじゃないかしら。わけ知りスズメ、あたしがクリスマスの後に、初級とブロンズのテストを受けるってことも知ってるの？」
「ああ、おれの耳には、そのほかにも、いろいろな情報《じょうほう》が入ってきてるよ」

「ほかにも？」

「今は言わないでおくがね」

ワイト島からもどったララがロンドンのくらしに落ち着くまでには、ちょっと時間がかかりました。やけ気味《ぎみ》につっぱって練習する日もありましたが、たいていは、こつこつと地道《じみち》に練習をつづけ、その結果、トレースが確実《かくじつ》によくなってきました。ララが練習にはげんでいる理由のひとつは、クラウディアおばさんが予告《よこく》なしに、ちょいちょいリンクにあらわれるようになったことでした。おばさんはララの練習ぶりを、うっとりとながめるだけでなく、折々《おりおり》、「姿《し》勢《せい》がよくないわね、ララ、もういっぺん、やってごらんなさい」などと、口をはさみました。

おばさんがなぜ、しばしばリンクにあらわれるようになったのかというと、それは、シルバー・テストに合格《ごうかく》したら、エキシビションが待っているからでした。マックスは苦い顔をしていたのですが、エキシビションはララも歓迎《かんげい》なら、おばさんにとっても晴《は》れの舞台《ぶたい》だったのです。

おばさんがリンクにあらわれるとき、ハリエットはとかくどぎまぎと落ち着かぬ思いを感じました。はじめのうち、ハリエットはララの練習を一心《いっしん》に見守るのが自分の役目だと思っていたのですが、あるとき、おばさんは、「あなたも練習したらいいのに、ぽかんとつったってるのは時間のむだですよ」と、言いました。それでいて、ハリエットが練習を始めると、「そんな大《おお》真面目《まじめ》な顔をして。もっと楽しんでおやりなさいよ」と、言うのでした。

クラウディアおばさんが来あわせていた、ある日、マックスがハリエットを小リンクの外に呼《よ》びだしました。マックスは椅子《いす》にすわり、となりにハリエットをすわらせて、言いました。

「ハリエット、ララがシルバー・テストを受けるときに、きみも初級とブロンズのテストを受けるといい」

そう言われたとたん、クラウディアおばさんの顔を思いうかべて、ハリエットはたじろぎました。

「そんなこと、できないわ！　あたし、ララの友だちとして、練習しているだけなんですもの。それに、マックス、テストを受けるにしても、クリスマスの後だって言ってたじゃありませんか！」

マックスはかまわず、つづけました。「ララは三週間後に、シルバーを受ける。きみもそのときに、初級とブロンズのテストを受けるんだ。初級とブロンズをパスしたら、来年五月のインター・シルバーを目標《もくひょう》に猛練習《もうれんしゅう》だ。ララもシルバーに合格したら、インター・ゴールドをめざすことになるだろう。パスできないかもしれないが、くだらないエキシビションに出演《しゅつえん》するよりはましだからね」

興奮《こうふん》のあまり、じっとしていられず、ハリエットは胸《むね》をギュッとおさえて言いました。

「五月にインター・シルバーなんて、とてもむりだわ！　あたし、フィギュア、ぜんぜん、知らないんですもの！」

マックスはピシッと指をならしました。それは、やっかいな問題にぶつかったときの彼《かれ》の癖《くせ》でした。

「練習期間は六か月ある。じゅうぶんだよ。きみは練習をおろそかにしないし、天分《てんぶん》もある」

天分《てんぶん》もある？　マックス、ほんとにそう思っているのかしら？　ララが反発して、練習に身《み》を入れるように、そう言ってるだけじゃないのかしら？

「スケーターになるだけの天分《てんぶん》が、あたしにある——ほんとにそう思ってるの、マックス？

でもね、あたしがリンクにくるようになったのは、病気の後、脚《あし》がひどくヒョロヒョロしていたからなのよ。ララといっしょに練習するようになったのだって、ララの練習にはずみがつくようにって……」

「きみの年では、さきざき、どんなスケーターになるか、予想はつかない。ただ、今日まで、きみの進歩の具合《ぐあい》を見てきて、ぼくは思ったんだよ。きみが今後も、この調子で練習をつづけるなら、何が起こるか、わかったものではないとね。ただし、きみの場合は、テストを受けることが必要《ひつよう》だ。自信《じしん》を持つことがかんじんだからね。ララのおばさんのことなんぞ、忘《わす》れるんだ。脚《あし》がヒョロヒョロしているから、スケートを始めたってことも、ララのお相手として訓練《くんれん》を受けていることもね。そんなことはいっさい、忘《わす》れて、自分にむかって、こう言うんだよ」と、マックスは胸《むね》をポンとたたきました。「『このハリエット・ジョンソンの前には、スケーターとしての、洋々《ようよう》たる前途《ぜんと》がある！』って」

13　ララとループ・ジャンプ　2

ハリエットは小リンクにもどりました。たまたま、クラウディアおばさんが帰ろうと立ちあがったところでした。ハリエットはマックスの言葉に動揺《どうよう》していましたし、クラウディアおばさんの視線《しせん》を意識《いしき》していたので、うっかり足をすべらせて転倒《てんとう》してしまいました。

「ハリエットはあいかわらずのようね」と、つめたい声がひびきました。「でもまあ、それなりに楽しんでいるんでしょうから」

おばさんの姿《すがた》が消えたとたん、ララがとんできました。

「ハリエットったら！　おばさんに、いいとこ、見せればよかったのに！　レッスンを受けさせてもむだだって、言われたら、どうするの？」

ふたりで手を組んで、小リンクを一周しながら、ハリエットはララにうちあけました。

「マックスに、初級とブロンズのテストを受けなさいって言われたのよ――あなたがシルバーを受けるときに」

「心配、いらないわ。だいじょうぶ、今のあなたなら、じゅうぶん、受かるわ」

「それだけじゃないのよ。マックスったら、来年の五月にはインター・シルバーだなんて……」

ララがほんの一年前にパスしたインター・シルバーを……考えるだけで、目がまわりそうでした。

「インター・シルバーを五月に？　マックスったら、いったい、何を考えているのかしら？」と、ララはつぶやきました。胸《むね》のうちが波立っていました。テストは、あたしの晴《は》れ舞《ぶ》台《たい》なのに、マックスはなんだって、ハリエットなんかに……？　初級とブロンズはとにかく、インター・シルバーをハリエットがパスするわけはありません。でも、ハリエットがそれを目ざして練習すると考えるだけでも、ララにとっては不愉快《ふゆかい》だったのです。

シルバーを目ざして、練習を重ねながらも、ララはハリエットの練習ぶりを、それとなく見守りました。ハリエットはいつもかたすみの、人目に立たない場所で練習していました。その熱心な練習ぶりを見て、また、そのトレースをながめて、ララはびっくりしたのです。「このぶんなら、ハリエット、初級とブロンズはもちろん、インター・シルバーだって、受かるんじゃないかしら」と、思ったからでした。

おかしな気持ちでした。自分がやっとパスしたインター・シルバーを、スケートを始めて日もあさいハリエットなんかが——という腹立《はらだ》たしさとともに、腹を立てている自分がうしろめたくもあって、ララは動揺《どうよう》していました。

ハリエットは初級とブロンズのテストを難《なん》なくパスしました。平凡《へいぼん》な得点《とくてん》でした。ひどくアガっていたので、動きがぎくしゃくして、そのぶん、減点《げんてん》されたからでした。パスしたことを知っているのは本人のハリエットと、マックスと、ララだけでした。どうしてか、家族には話す気になれませんでした。

同じころ、ララもシルバーをパスしました。こちらも、高得点《こうとくてん》ではありませんでした。及第《きゅうだい》点《てん》は五十四点でしたが、ララの得点《とくてん》はやっと五十五・二点だったのです。

その年の冬、マックス・リンドブロムの意向《いこう》に反《はん》して、ララは四度にわたって、エキシビシヨンに出演《しゅつえん》しました。

「ララも十一歳《さい》になり、おおぜいの観客《かんきゃく》のまえで演技《えんぎ》するのになれる必要《ひつよう》があります。世界選手権《せんしゅけん》のために遠征《えんせい》する機会《きかい》も遠からず、訪《おとず》れるでしょうし」と、クラウディアおばさんは、マックスの反対をおしきったのでした。

その年も、デイヴィッドおじさんとクラウディアおばさんは、クリスマスをはさんでカナダに行き、ララはジョンソン一家をまねいて、すばらしいクリスマスをすごしました。

新しい年に入るとすぐ、ララの家のひとたちがつぎつぎにインフルエンザにかかりました。お手伝いのウィルソン、コック、運転手まで。

そのころ、ハリエットのきょうだいたちも、咳《せき》をしたり、熱《ねつ》が出たり、ひとしきり調子をくずしました。インフルエンザが一段落《いちだんらく》したころ、ひときわはげしい寒波《かんぱ》が襲来《しゅうらい》しました。リンクの観客席《かんきゃくせき》はしんしんと冷《ひ》えこみます。ナナも、ゴールディーも、リンクのつきそいをしぶるようになりました。当人のララも、ハリエットも、練習をやめてひといき入れるとき、ガタガタふるえていました。

さらにこまったことに、リンクでのララの調子がくるいはじめたのです。今回は、練習不足《れんしゅうぶそく》が原因《げんいん》ではありませんでした。インター・ゴールドのために、ララはチェンジ・エッジ・ループ*というフィギュアを成功《せいこう》させなければならないのですが、いくら練習しても、これがうまくいかなかったのです。成功《せいこう》に必要《ひつよう》なコントロールとリズムの感覚《かんかく》が身《み》についていないのだ――と、マックスは言いました。集中力の要求《ようきゅう》される、このフィギュアは活発《かっぱつ》なララの性《しょう》に合《あ》わないのでしょう、結果は不満足《ふまんぞく》なトレースにあらわれました。

マックスは心をいためながらも、ララに同情《どうじょう》していました。

「少し、リラックスしないとね。きみは緊張《きんちょう》しっぱなしだ。その結果がトレースにあらわれるんだよ。見たまえ、このトレースを」

「うるさいこと、言わないでよ！　ちゃんと練習するから、ほっといてちょうだい！」と、ララはいらだって言いかえしました。

ララが動揺《どうよう》していることを悟《さと》って、マックスはやさしく言いました。

「二、三週間、ループはお休みにしよう。休んだ後も、うまくいかなかったら、さらに、間をおこう。インター・ゴールドは次の秋に受ければいい」

「あたし、五月を目あてにしこしこ練習してるのよ。マックスだって、知ってるはずでしょ？あたしが本番に強いってこと」

マックスはうなずきました。ララが本番に強いことは、じゅうぶん承知《しょうち》していました。でもこの場合は……。

「とにかくひと休みしたまえ。それでも、トレースが思わしくなかったら、テストは先送りだ。急ぐ必要《ひつよう》はないんだからね」

そんなこともあって、レッスンそのものが二週間、休みとなりましたが、ララは練習をやめず、寝《ね》ても、さめても、ループのことばかり、考えていました。しくじった夢《ゆめ》を見て、夜中にとび起きることさえありました。

ララの顔はやせて青ざめました。髪《かみ》の毛《け》は弾力《だんりょく》をうしない、表情《ひょうじょう》もうつろでした。ミス・ゴールドソープも、ナナも、気をもんでいました。

「テストが重荷《おもに》になってるんじゃないでしょうかね、ミス・ゴールドソープ？」とナナはつぶやきました。「以前《いぜん》は、テストが近づくと、かえってはりきるたちだったんですがねえ」

「わたし、いっぺん、リンドブロムさんと話しあってみようと思うんですよ」と、ミス・ゴールドソープも心配そうに眉《まゆ》をひそめました。

ナナは、少し前から、キング氏に相談してみたらどうかと思いめぐらしていました。

「ララはおじさまが大好《だいす》きです。わたしから、キングさまに事情《じじょう》をお話ししてみましょう。それとはべつに、ミス・ゴールドソープ、ハリエットのお母さまのミセス・ジョンソンをおたずねになってはいかがですか？　とてもものわかる、考えぶかいかたですからね。ハリエットから何か、きいていらっしゃるかもしれませんし」

「ええ、でもハリエットはたぶん、何も話していないと思いますよ」と、ミス・ゴールドソープは答えました。「もともと口数の少ない子ですし。でも、近いうちに一度、うかがうことにしましょうかね」

14　諍《いさか》い

ある日の夕方、ミス・ゴールドソープはふと思いたってリンクに出かけて、マックス・リンドブロムの手のあくのを待ちました。

「ララのことで、ご相談があるんですけれど。このところ、ララは沈《しず》みがちで、勉強にも身《み》が入らず、つきそいのナナも、わたしも、気がかりでならないんです。近くテストがあるそうで、そのせいかと思うんですが、いかがでしょう？　ご意見をうかがわせてくださいませんか」

マックスはすぐには返事をせず、ミス・ゴールドソープを一隅《いちぐう》の椅子《いす》にさそいました。

「インター・ゴールドのテストがせまっていることは事実です。ただ、ぼく自身は、今回は見おくったほうがいいと思っているんですよ。急ぐ必要《ひつよう》はないんですから。問題はララ本人なんです。一日も早く、すべてのテストを終わらせたいと考えているようで」

「あの子の将来《しょうらい》に大きな期待がかかっていることは、ごぞんじですよね?」

マックスは腹立《はらだ》たしそうに鼻を鳴らしました。

「ララの場合、出だしから、まちがっていたんじゃないですかね。ララには、たしかにすぐれた天分《てんぶん》がありますし、観客《かんきゃく》をひきつける魅力《みりょく》も持っています。しかし、天分のあるスケーターがすべて、王座《おうざ》につくとはかぎりませんからね」

「おっしゃるとおりです。ララがチャンピオンをひたすら目ざし、ほかの選択肢《せんたくし》がまったくないかのように考えているのが、わたし、たまらないんです。それにどうやら今、ララは壁《かべ》にぶつかっているようです。いくら練習しても、すぐには達成《たっせい》できないこともあるんじゃないでしょうか」

「あせる必要《ひつよう》はないのにね。いずれは、達成《たっせい》できるんですから。いちばん願《ねが》わしいのは、この際《さい》、スケートそのものをしばらく休むことなんですが、ミセス・キングにそう助言していただけませんか?」

ミス・ゴールドソープは、深いため息《いき》をつきました。

「とんでもない。そんなことをしようものなら、たちまちおはらい箱《ばこ》ですよ。わたしなりに、ララの役に立っていると自負《じふ》していますから、あの子の家庭教師《かていきょうし》をやめる気はありません。したがって、ミセス・キングの気にさわるような助言をする気もございません」

マックスは肩《かた》をすくめました。「だったら、どうしようもないですね。ララがリンクにこなくなることで、問題はむしろ、ハリエットなんですよ」

「ハリエット？　どういうことですか？」と、ミス・ゴールドソープはふしぎそうにききました。

「フィギュア・スケートは金のかかるスポーツです。一流のスケーターになるには、ララの友だちとして、ハリエットがララと共有《きょうゆう》している特権《とっけん》、すなわち、あなたのような有能《ゆうのう》な家庭《かてい》教師《きょうし》、ダンスやフェンシングの教室、リンクでの特別《とくべつ》レッスンが不可欠《ふかけつ》です。ミセス・キングに、ララを六か月間、リンクにこさせないほうがいいと助言することで、ハリエットはそうした特権《とっけん》を失うことになりますからね」

「ハリエットのことなら、ご心配いりませんよ。ミセス・ジョンソンのお話では、マネージャーのマシューズさんのご好意《こうい》で、ハリエットは今後も問題なく入場できるわけですから」

マックスは、ハリエットがリンクに入場できるかどうかという問題ではないんだ、ハリエットのスケーターとしての先行きがかかっているのにと、ミス・ゴールドソープの顔を見かえしましたが、けっきょく、このひとには何もわかっていないらしいと首をふって、「失礼します」とひと言つぶやき、氷上に出ていったのでした。

よく日、ミス・ゴールドソープはジョンソン家を訪問《ほうもん》して、オリヴィアに会い、土曜日の午後、急用ができた自分の代わりにララを、ミュージカル・コメディーにつれて行ってもらえないだろうかとたのみました。「ララはこのところ、ひどく元気がないんです。ハリエットのお母さまのあなたとくつろいだ時間をすごすうちに、心にわだかまっている問題を打ちあけるんじゃないかと思いましてね」

ミュージカル・コメディーの観劇《かんげき》のひととき、オリヴィアとララはわらったり、拍手《はくしゅ》したり、しばらくぶりで楽しくすごしました。

「帰りはタクシーでなく、バスにしましょうか？　二階だてバスの上の階の窓《まど》ぎわにすわりましょうよ」というオリヴィアの提案《ていあん》にララは大よろこび。こんな楽しみも、この子にはめずらしいことなのかと、オリヴィアは胸《むね》のうちでため息《いき》をついたのでした。

オリヴィアは自分の子どもたちにたいしても、うるさく質問《しつもん》をせず、子どもたちが自分から打ちあけ話をするようにしむけるたちでした。南アフリカで乗馬に夢中《むちゅう》になっていたオリヴィアの少女時代の思い出話をきいたり、質問《しつもん》したりするうちに、ララもいつしか、大人にたいする警戒心《けいかいしん》をひっこめていました。

「成長期《せいちょうき》って、わたしにかぎらず、だれでも、たいへんなエネルギーを消耗《しょうもう》するみたいね。ひところ、馬がわたしをばかにして、さっぱり言うことをきかなくなったことがあったのよ。そのころ、わたし自身の気持ちも沈《しず》みがちで、とうとうわたし、かかりつけのお医者さまにきいてみたの、どうして、何もかも、うまくいかないんだろうって」

「どういう返事だったの？」

「体力が体の成長《せいちょう》に追いつかないのかもしれないって、薬を調合《ちょうごう》してくださったわ」

「その薬、効《き》いたの？」

「ええ、ぴったし」

「だったら、あたし、ハリエットのお医者さんに診《み》てもらいたいわ。ハリエットのひょろひょろの脚《あし》がじょうぶになるように、リンク通いをすすめたお医者さんだったら、あたしのスランプのわけも、わかってくれるんじゃないかしら」

いっぽう、ナナがデイヴィッドおじさんに相談する機会《きかい》も、その後まもなくおとずれたのです。そのころ、おじさんのほうでも、ナナと話しあうきっかけを求めていたのでした。

「ちかごろ、ララはひどく元気がないようだが？」と、おじさんは芝生《しばふ》をいったりきたりしながら、ナナにたずねました。

ナナは上を見あげて、クラウディアおばさんの部屋の窓《まど》がぴったり閉《し》まっているのを確《たし》かめてから、答えました。

「じつは、そのことでご相談できればと思っておりました。リンクでは近く、テストが行われるようで、ララにとっては、それが重荷《おもに》になっているんじゃないでしょうか。コーチのリンドブロムさんは、今度のテストは見おくったほうがいいというご意見なんですが、本人がききいれないとか」

デイヴィッドおじさんは処置《しょち》なしというように、肩《かた》をすくめました。

「またまた、テストか。だが、ララ自身が受ける気なのに、ぼくがよけいな口出しをして、やめろと言うわけにもいかないしね。ぼくとしても、あの子の信頼《しんらい》を失いたくないんだよ。何とか機会《きかい》を見つけて、ララと話しあってみよう」

ある日、庭を散歩《さんぽ》していたおじさんは、イチゴ畑をレーキでならしているララを見かけて、近づきました。

「おやおや、未来《みらい》の世界チャンピオンは、今日は農作業かい？」と、おじさんは冷《ひ》やかすように言いました。

「あたしができるのはスケートだけじゃないのよ」と、ララも軽い口調《くちょう》で答えました。

「ちかごろ、ちょっと元気がないようだが？」

「ハリエットのお母さんは、あたしの成長《せいちょう》に体力が追いつかないんじゃないかって、言ってたわ。あたし、ハリエットのお医者さまに診《み》てもらって、そのこと、確《たし》かめたいんだけど」

「そのお医者さんは、テストを先おくりしろって言うんじゃないかな」

ララはくるっとおじさんに背《せ》を向けました。「だったら、あたし、診《み》てもらわないわ。今度のテストは、ぜったいにパスするつもりなんですもの」

「いっそ、来年にのばしたら、どうかなあ？」

「のばすなんて、だめよ！　ただね、近ごろ、あたし、今のあたしにはテストはむりなんじゃないかって思うことがあるの。考えてるうちに、すごーくいやな気持ちになって……」

「きみのおばさんも、きみも、まるでスケートという新宗教《しんしゅうきょう》の殉教者《じゅんきょうしゃ》みたいじゃないか」

ララはだまって、足もとの小石を思いきり遠くにけりとばしました。

「シルバーに失敗《しっぱい》したとき、あたし、たまらなかったのよ。みんながきのどくそうに目をそらして。そんなこと、それまで一度もなかったんですもの、あたしがシリル・ムーアの娘《むすめ》の、ララ・ムーアじゃなくなったみたいで、あたし、あたし……」

デイヴィッドおじさんは煙草《たばこ》をくゆらしながら、どう答えたらいいか、思いめぐらしました。

「ハリエットのお医者さんに、未来《みらい》のチャンピオン用の妙薬《みょうやく》を、たのんでみたらどうかな？」

「ええ、あたし、そうするつもりよ」

ある日、ハリエットのお医者さんのフィリップソン先生から、ナナとララに、「お茶においでになりませんか」という招待状《しょうたいじょう》がとどきました。

はじめて会ったフィリップソン先生夫妻《ふさい》は、とてもおいしいクリーム・ケーキつきのお茶をナナとララにふるまってくれました。楽しいひとときのあと、フィリップソン先生はララを診《しん》察室《さつしつ》につれて行きました。

「きみはぼくの患者《かんじゃ》じゃないから、診察《しんさつ》はしない。少し話しあおうと思ってね」とフィリップソン先生は言いました。「話しあっているうちに、きみに、どんな薬が効《き》くか、わかるかもしれない」

フィリップソン先生はスケートに関心《かんしん》があるようで、ララの言葉に興味《きょうみ》深そうに耳をかたむけました。いつからスケートを始めたのか、テストではどういうことが要求《ようきゅう》されるのかなど、つぎつぎに質問《しつもん》され、ララが図解《ずかい》入りで、くわしく説明《せつめい》するうちに、ループのことが話題に上りました。

「このフィギュア、五月のテストまでにマスターしなきゃいけないんだけど、すごくむずかしくて。それにあたし、これまでに体力をすっかり使いきってしまったみたいなんです。それで、あたし、思ったんです。ハリエットの脚《あし》がしっかりするように、スケートをすすめたお医者さまに、診《み》てもらいたいって。そういう、かしこい先生に診てもらったら、いまのあたしに、どういう薬が効《き》くか、教えてくださるんじゃないかと思って」

フィリップソン先生は、ララの描《か》いた図をじっとながめたあげく、ノートを引きよせて、サラサラとペンを走らせました。


スケーターのララ・ムーアのための内用薬《ないようやく》　リンクに行く前に一服《いっぷく》、服用《ふくよう》

薬が効《き》いたのか、ララはあまりくよくよ心配しなくなりました。その結果、ループも一時はかなりよくなったのです。でもほっとしたのも束《つか》の間《ま》、あるときから、進歩が感じられなくなりました。マックス・リンドブロムに相談したら、とうぜんだ、いまの段階《だんかい》では、これ以上、よくなりようがないんだからと言ったでしょうが、ララは薬のことも、あせりがちな自分の気持ちについても、ひとにはだまっていたのです。

「ララは裁縫箱《さいほうばこ》のなかでこんぐらかってしまった糸みたいです。あちこちにやっかいな結びこぶができて、どうにも手がつけられないんですよ」と、ナナは言いました。

クラウディアおばさんももちろん、心配していました。

「わたしの知っているララは、落ちこむことなんか、ぜんぜん、なかったのに。選《えら》ばれた道を歩む、栄《は》えある騎士《きし》は、どこに行ってしまったんでしょう?」

おばさんにたいして、ララはろくに口をきかなくなっていたのですが、ときおり、とても失《しつ》礼《れい》な口答えをしました。

「やめてちょうだい！　あたし、赤《あか》ん坊《ぼう》じゃないのよ！」

おばさんはものわかりのいいところを見せようと、ことさらにやさしく言いました。

「ええ、ええ、十一歳半《さいはん》はもちろん、赤《あか》ん坊《ぼう》じゃないわ。あなたは近ごろ、わたしにたいして、ちょっと失礼《しつれい》な態度《たいど》をとるみたいだけれど、それはあなたに意地《いじ》というものがあるからでしょうね。すぐれたスケーターには、意地《いじ》も必要《ひつよう》だわ。でも、忘《わす》れちゃいけませんよ。すぐれたスケーターはまた、一国の大使みたいなものだってことをね」

ララがいないところで、クラウディアおばさんはナナに言いました。「ララはテストを間近《まぢか》にひかえて、気が立っているらしいわ。テストがすむまでは、そうっとしておきましょう」

ナナは「ごもっともでございます」と、つつましく答えましたが、内心《ないしん》、心配でたまりませんでした。ララのいらいらはつのる一方で、ある日、おばさんに面とむかって、当分、リンクにこないでもらいたいと言ったのです。

「まあ、ララ、どうして？　あなたのよろこびは、わたしのよろこび、あなたの誉《ほま》れは、わたしの誉《ほま》れじゃなくて？　インター・ゴールドをパスすれば、残るのはゴールドだけ。あなたの栄冠《えいかん》は、わたしのそれでもあるんですからね。いっしょに乗りこえようじゃないの、わたしたちの前の最後《さいご》の関門《かんもん》を！」

「あたしがきてもいいって言うまで、リンクにこないでちょうだい」

「なぜなの？」

「なぜでもいいでしょ！　おばさんがリンクに顔を出したら、その日から、あたし、スケートをやめますからね！」

ナナはおばさんを礼儀《れいぎ》正しく送りだしましたが、部屋にもどってから、ララに言いました。

「あきれましたね、ララ！　おばさまにむかって、あんな失礼《しつれい》なことを。あなた、はずかしくないんですか？　あなたのいばりくさった言いぐさに、わたし、気がおかしくなりそうでしたよ」

ララは、のどにこみあげた大きなかたまりをのみこみました。自分のこのなさけない気持ちに気づいているひとはいない。ひとりもいない。だれもわかってくれないんだわ。あたし、いばりくさってなんか、いないわ。なさけないだけなのに。みじめなだけなのに。だれも……だれも……わかってくれないのね。

ナナだけではありませんでした。なかよしのハリエットでさえ、ひそかにララを非難《ひなん》しているようでした。ちかごろ、ハリエットはララをさけているようにさえ、見えたのです。

ハリエットはじつはララにたいして、どういう態度《たいど》を取ったらいいか、わからずに悩《なや》んでいたのでした。ハリエットがスケートのことを話題にしようとすると、ララは、「何もわかっていないくせに、よけいなこと、言わないでちょうだい」とかみつくように言います。そのくせ、ほかのことを話しだしたとたん、「あなた、テストのこと、わざと話さないようにしてるんでしょ？　マックスがそうしろって、言ったの？　ああ、頭にくる！」と、ヒステリックになじるのでした。

それに、ハリエットもまた、インター・シルバーのテストを前にして、ひそかに思いめぐらしていることがあったのです。

ここ半年ばかりのあいだに、大きな変化《へんか》がハリエットにおとずれており、さまざまなひとが、それに気づいていました。

ミス・ゴールドソープはナナに、ハリエットは近ごろ、とても楽しい話し相手になっていると言いました。いろいろな本を読んでいて、おりにふれてもらす感想がなかなかおもしろいのだと。

ナナはナナで、「ハリエットのために、新しいセーターを編《あ》むのは楽しみです。色どりを工夫《くふう》すると、びっくりするほど、チャーミングに見えるんですもの」と、言いました。

ダンスの先生のアロンゾ・ヴィットリは踊《おど》っているハリエットを見守りながら、ミス・ゴールドソープに、「ふしぎな魅力《みりょく》を持っていますね、あの子は！」と、ささやきました。

フェンシングのムッシュー・ゴルドンも、「進歩しています。それに、姿《すがた》がいい！」と、言いました。

リンクでもハリエットは、マシューズさんが無料《むりょう》で入場させている女の子でなく、マックス・リンドブロムの指導《しどう》する有望《ゆうぼう》なスケーターのひとりと見なされるようになっていたのです。

インター・シルバーのテストの日が近づくにつれて、ハリエットは明《あ》けても暮《く》れても、スケートのことばかり、考えるようになり、ほかのひとの思惑《おもわく》を気にしなくなりました。だれにも話していない、秘密《ひみつ》の計画があったからでした。もしもインター・シルバーをパスしたら、そのときはじめて心に秘《ひ》めてきた思いを、家族に話すつもりでした。

インター・シルバーの次はシルバーです。秋にシルバーをパスできれば、来年の春には、インター・ゴールド、さらに六か月後の、十三歳《さい》の秋には、ゴールドを受けることになります。ハリエットはひそかに、プロのスケーターになりたいと思うようになっていたのでした。

ハリエットの毎日は、とても充実《じゅうじつ》していました。毎朝、バスに乗って、九時十五分前にララの家に到着《とうちゃく》します。九時からララとともにゴールディーの授業《じゅぎょう》を受け、レッスンが終わると、バレエ教室やフェンシング、ときにはひとしきり、庭仕事。散歩《さんぽ》に出かけることもあります。ランチがすむと、リンクに出かけます。マックスのレッスンを受けて、みっちり練習して帰《き》宅《たく》。ゴールディーの宿題がけっこうありますし、わが家でもひまなしです。夕食がすむと、もうベッドに入る時間です。あまりいそがしいので、ララのふきげんも気になりませんでした。

そんな充実《じゅうじつ》した日々を送っているハリエットに、ある日、リンクをおとずれた写真家が目をとめました。

「あそこですべっている、金褐色《オーバン》の髪《かみ》の女の子は何て名前だね?」

「ああ、ハリエット・ジョンソンだよ」と、常連《じょうれん》の青年が答えました。「スケートをはじめてやっと一年半だが、マックス・リンドブロムが熱心《ねっしん》に指導《しどう》しているよ。なかなか有望《ゆうぼう》らしい」

写真家はハリエットの無心《むしん》の表情《ひょうじょう》にひかれて、思わずカメラのシャッターを押《お》しました。何気ない一枚だったのですが、大写しのその写真が新聞に掲載《けいさい》されたのです。

「期待の新人、ハリエット・ジョンソン」という見出しでした。

だれかがその新聞をララに見せたのです。ハリエットがマックスのレッスンを受けている間のことでした。

「まあ、びっくり! ありがとう。後で、ハリエットにわたすわ」と、にっこり受けとったものの、ララの胸《むね》は波立っていました。

あたしの勉強相手、練習相手として、いっしょに勉強し、いっしょにマックスの指導《しどう》を受けてきたハリエットが「期待の新人」だなんて! 陰険《いんけん》だわ、こそこそ新聞に売りこんだりして、何てずるいんでしょう! いつの間にこんな……いいわよ! 思い知らせてやるわ! ハリエットがこずるく立ちまわって、あたしを出しぬく気なら、あたしがギャフンとへこませてやる

わ！　テストを前にして、このあたしが自分でもなさけないくらい、落ちこんでいるのに、いい子の、おとなしいハリエットちゃんは、マックスに取りいって……。

自分の写真が新聞に掲載《けいさい》されているなんて、夢《ゆめ》にも知らないハリエットが小リンクにもどってきたとき、ララはいかりに頬《ほお》を染《そ》めて、新聞を突《つ》きつけました。

「ごらんなさいよ、これを！」

ハリエットは写真を見つめて、いっしゅん、たじろぎました。「いやだわ、知らなかったのよ、あたし。知っていたら、やめさせたのに」

「どうしてよ？」

「どうしてって……アレクやトビーに知られたくないからよ。ふたりとも、あたしがテストを受けているってことさえ、知らないんですもの」

その答えを聞いたとたん、ララの胸《むね》はするどいナイフを突《つ》きさされたようなショックを受けたのです。テストを受けてるってことを知らさずに、おどろかせたかった……ハリエットはまちがいなくテストをパスして、家族をおどろかすだろう……なのに、あたしはクラウディアおばさんをがっかりさせて……ナナとゴールディーは、新聞に写真が出たって、どうってことはないという態度《たいど》をとるだろう。でもハリエットの家のひとたち、とくにアレクとトビーは……そう思ったとき、ララはとつぜん、ハリエットを自分と同じように落ちこませたい——そう思ったのです。あんまりよ！　ゆるせないわ！

「この新聞、せいぜい、たいせつに取っておくといいわね。あなたのスケーターとしての唯一《ゆいいつ》の写真になるでしょうから」と、ララはつめたい口調《くちょう》で言いました。「なぜって、あなたがもしもインター・シルバーをパスしたら、あたし、クラウディアおばさんに言うつもりよ。これからはスケートも、勉強ももう、あなたといっしょになんか、やりたくないって！」

15　ハリエットの発熱《はつねつ》

ハリエットは、出口が見つからずに、せまい空間をきりなくくるくる飛《と》びまわっている、小さな羽虫《はむし》の心境《しんきょう》でした。ああ、どうしたらいいでしょう？　マックス・リンドブロムに、「あたし、インター・シルバーは受けません」と、言ったら、マックスは例《れい》によって指をピシッと鳴らし、「ばかなことを言うもんじゃない」と、はねつけるでしょう。ミス・ゴールドソープか、ナナにうったえたら、ふたりはララをしかるでしょうし、その結果、ララは言いつけ口をしてと、ハリエットに背《せ》を向けるにちがいありません。

ほかのだれかに話したところで、どうなるものでもないでしょう。クラウディアおばさんが、「今後、ララは勉強も、スケートも、ひとりでしたいそうで」と、言ったら、その日からハリエットはララに会えず、マックスの指導《しどう》を受けることもなくなってしまいます。

家族のだれかに打ちあけるわけにもいきません。お母さんのオリヴィアからして、ハリエットがインター・シルバーを受けるはずだということを知らないのですから、「ララがいやがるなら、テストなんてやめたらいいじゃないの」と、言うにきまっています。

ララに何と言われたか、きょうだいたちに話すことはできません。ハリエットの家族はみんな、ララが好《す》きです。大きな態度《たいど》をとることはあるけれど、おもしろい、かわいらしい子だと思っています。インター・シルバーについて、ララが何と言ったかを告《つ》げたら、だれもがあきれ、ララをきらいになってしまうでしょう。

あれっきり、ララはハリエットには知らん顔で、帰りの時刻《じこく》まで、小リンクのべつな一隅《いちぐう》で練習していました。リンクの外で別《わか》れたとき、ナナはハリエットに「さようなら、またね」と、言いましたが、ララは無言《むごん》でした。

ハリエットが家に帰ると、オリヴィアが、「お帰りなさい。あなたがいちばん早かったわ。まだ、だれも帰っていないのよ」と、言いました。

「気分がわるいの。夕食、食べられないと思うわ」と、ハリエットはつぶやきました。

「いけないわね。しばらく横になっていらっしゃい。つかれが出たんでしょうね。このところ、ひどくいそがしそうだったし」と、言われて、ハリエットはだまって寝室《しんしつ》にひっこみました。

やがて、きょうだいたちがつぎつぎに帰ってきたらしく、話し声がきこえました。

アレクはドアを開けるなり、どなりました。「父さん、母さん、夕刊《ゆうかん》にハリエットの写真がのってるよ！」

ハリエットはドキッとしました。夕刊《ゆうかん》――すべてはあの写真がもとだったんだわ……。

「おどろいたな！」「へえ！」「見せて、ぼくにも見せて！」と、お父さんやきょうだいたちの声を、ハリエットはつらい気持ちできいていました。

「ハリエット、気分がわるいって、寝《ね》ているのよ。でも、これを見たら、元気づくかもしれないわ。ハリエット、あなたの写真が、まあ、夕刊《ゆうかん》にのっているのよ！」と、オリヴィアが寝室《しんしつ》のドアを開けました。みんながドヤドヤとベッドを囲《かこ》みました。

「びっくりしたよ」と、ジョージが言いました。「少しはすべれるようになったかなと思っていたところに、こんな写真を見せられて」

「『期待の新人』か」と、トビーがつぶやきました。「あのリンクですべっている女の子はどのくらい、いるの？」

「さあ、数えきれないくらいよ」と、ハリエットはつぶやきました。

「その中の『期待の新人』ってことはさ……」

アレクがベッドのはしに腰《こし》を下ろしました。「ララが受けてきたテストってやつ、きみも受けたこと、あるのかい？」

「ええ」と、答えて、ハリエットはハッとたじろぎました。そもそもテストのことで、ララをおこらせてしまったのですから。「初級とブロンズ、クリスマス前に受かってたの」

だれもがおどろいて、「へえ！」と言いました。

「次のテストは何てやつ？　いつ、受けるんだい？」と、ジョージがききました。

「ハリエット、教えて」と、オリヴィアも言いました。「この次はどういうテストなの？　すっかり話してちょうだい。みんな、あなたが誇《ほこ》らしくて、くわしい話をききたいのよ」

あたしだって、話したいわ！　でも——でも——もう、おしまい……テストはもちろん、スケートそのものも、ララとのつきあいも……。

こみあげるみじめな思いにたえきれなくなって、ハリエットは寝《ね》がえりを打って家族たちに

背《せ》を向けると、毛布《もうふ》の下にもぐりこみ、どっと涙《なみだ》にくれました。
次の日、オリヴィアはララの家に電話して、ハリエットの具合《ぐあい》がわるく、しばらくそちらにうかがえないと伝えました。
四日たっても、ハリエットがベッドをはなれないので、オリヴィアはフィリップソン先生に相談し、五日目、フィリップソン先生がきてくれました。ハリエットに体温計をくわえさせた後、先生がオリヴィアに質問《しつもん》しているあいだに、ハリエットは体温計をこっそり湯たんぽの上にのせ、しばらくたってから口にもどしました。
フィリップソン先生はかなり長いこと、体温計のめもりを見つめ、それからハリエットの顔をじっとながめました。ついでカバンをさぐり、ピンセットと金属《きんぞく》のへらのようなものをオリヴィアにわたし、煮沸消毒《しゃふつしょうどく》してもらいたいとたのみました。そして、オリヴィアが出て行くと、ベッドのはしにすわり、友だち同士《どうし》のようないしょ声で、「ハリエット、いったい、どうしたんだね?」とささやきました。「このまま、ベッドで寝《ね》ていたいんだったら、ぼくの協力《きょうりょく》が必要《ひつよう》だからね。ぼくら、友だちじゃないか」

「どうして、わかったの、あたしが病気じゃないって?」と、ハリエットはききました。

「ひとめ、きみの顔を見て、病気じゃないと判断《はんだん》したんだよ。それに体温計のめもりがとことん上がっていたからね。こいつは仮病《けびょう》だと見当《けんとう》をつけたんだ」

フィリップソン先生はだませません。それに、先生はありがたい友だちです。

「あたしが話すこと、ほかのひとにはだまっててくれる? ぜったいに?」

「約束《やくそく》するよ」

話しているうちに、苦しかった胸《むね》のうちに、さわやかな風がふきこんだように、気持ちが楽になりました。フィリップソン先生はまじめな顔でじっと耳をかたむけていましたが、ハリエットが話しおわると、立ちあがって窓辺《まどべ》に立ち、じっと考えこむ様子でした。

しばらくして、先生はベッドのわきにもどり、「きみだけじゃなく、ララにとっても、すべてがすっきり解決《かいけつ》するように、考えようじゃないか」と、言いました。

それまでのいきさつを話したら、先生はもちろん、ララを非難《ひなん》するだろうと思っていたので、ハリエットはちょっとびっくりしました。

「すっきり解決《かいけつ》するように……？　あたしがララの友だちでなくなるわけじゃなく？　これからも、ララといっしょに勉強したり、スケートをしたり……？」

「そう。だが、それには、いろいろなひとが、きみとララのあいだに起こったことを知る必要《ひつよう》があるだろうね」

「何もかも、言わなきゃいけないの？　言いつけ口みたいで、あたし……」

フィリップソン先生はいたずらっぽく、ハリエットの髪《かみ》の毛《け》を引っぱりました。

「きみが話す必要《ひつよう》はないよ。ララ自身が話すことになるだろうからね。さあ、その心配そうな顔をひっこめて、何もかも、ぼくにまかせなさい。ララはたぶん、きみ以上《いじょう》に助けを必要《ひつよう》としていると思うんだ」

あの諍《いさか》いのあと、ララはハリエットと顔をあわせたくありませんでした。ゴールディーにも、ナナにも、何かあったと知られたくなかったのです。「ナナたちがどう思おうと、あたしは平気よ。たぶん、ふたりとも、ハリエットの味方をするでしょうけど」そう自分に言いきかせながらも、もしもナナやゴールディーがすべてを知ったらと思うと、気が気でありませんでした。

翌朝《よくあさ》、オリヴィアから電話で、ハリエットの具合《ぐあい》がわるく、今日はそちらにうかがえないというメッセージがとどいたとき、ララはほっとしました。病気という名目《めいもく》で、ハリエットがこしばらくリンクを休む気なら、もちろん、テストも受けられないわけだ。すべてが終わったら、もとどおり、なかよくしてあげてもいい――そう思ったからでした。

ハリエットにたいして、ひどいことを言ったと内心《ないしん》、気がとがめてはいたのですが、ララはつぎの三日ばかり、ふだんどおりにすごしました。ハリエットのことをきかれても、さりげなく受け答えし、諍《いさか》いがあったことなど、もちろん、話しませんでした。

五日目のこと、電話に出たミス・ゴールドソープが、「ハリエットは今日、フィリップソン先生に診《み》ていただくそうですよ」と、言いました。ララはドキッとしました。フィリップソン先生なら、ハリエットが病気じゃないと見きわめてしまうでしょう。

レッスンが終わったとき、ララはミス・ゴールドソープに、フィリップソン先生が何て言ったか、電話してきいてみてくれとたのみました。もどってきたゴールディーはしずんだ様子で、「ハリエット、熱《ねつ》がひどく高いんですって。『こんな高熱《こうねつ》の患者《かんじゃ》、診《み》たことがない』って、フィリップソン先生がおっしゃったとか」と、答えました。

ララはびっくりして、ミス・ゴールドソープの顔を見かえしました。ハリエット、死んじゃうのかもしれない。ララはかわいた唇《くちびる》をなめてききかえしました。「ハリエット、あたしのこと、何か言ってなかったかしら？」

「さあ、熱《ねつ》が高いとすると、うわごとくらいじゃないでしょうかね。何か気にかかっていることがあるのは確かだとか。あなたの名をくりかえし、口にしているみたいですよ」

あたしがハリエットに、ひどいことを言ったから、ハリエット、それで病気になって……うわごとを言って……ああ、どうしたらいいの？

どこかで、ベルが鳴っているようでした。ゴールディーの顔が大きくなったり、小さくなったり、まわりのすべてがくるくるまわりだし……と、思ううちに、目の前がまっくらになって、ララは気をうしなってしまったのです。

気がつくと、ナナがブランデーのグラスを口にさしつけていました。ララはグラスをおしのけて、すわりなおしました。

「ハリエットに会わせて！　ハリエットに会いたいの！」

「それどころじゃありませんよ」とナナが言いました。「あなたみたいな子どもが気をうしなうなんて！　お医者さまにきていただきますからね！」

ララのかかりつけのお医者さんはララを診察《しんさつ》して、こんな小さい子が気をうしなうなんて、とんでもないことだと言いました。

「生活を一新《いっしん》する必要《ひつよう》がありますね。スケート・リンクにはとうぶん近づかないように。ミセス・キングにお目にかかって、はっきり、そう申し上げましょう」

ララはベッドに横たわって、じっとしていました。スケート・リンクに近づかないように？　レッスンも、テストも、お休み？　そんなことって！　明《あ》けても暮《く》れても、スケート、レッスン、テストの連続《れんぞく》だったのに、明日からは何もかもお休みなんだ、あたしにとっては。でも、でも、ハリエットは？

思い出したとたん、すべてが胸《むね》によみがえり、ララはがばと起きあがりました。ハリエットは死にかけている。あたしのせいで。あたしがひどいことを言ったせいで。ハリエットのところに行かなければ。ハリエットに会って、あやまろう。ごめんなさいと言おう。インター・シルバーを受けてもかまわない。いいえ、受けてパスしてもらいたいのだと言おう。

「ナナ！　ゴールディー！　あたし、ハリエットのところに行きたいの！」

「なぜですか？」と、ナナがききました。

「どういうこと？」と、ゴールディーがのぞきこみました。

「説明してるひま、ないのよ。ハリエットに会わせて！」

「今は無理《むり》ね。ハリエットも、あなたも、ふたりとも、病気なんですから」と、ミス・ゴールドソープが言いました。「言いたいことがあったら、ミセス・ジョンソンに話して、ハリエットに伝えてもらったらいいわ。もしも、ほかのひとに知られたくなかったら……そうね、あなたがたがふたりとも全快《ぜんかい》してから、じかに話したらいいでしょ」

ララはもどかしそうに、起きなおりました。「あたし、病気じゃないのよ。どうしても、今すぐ、ハリエットに会わなくちゃ」

ミス・ゴールドソープはじっとララの顔を見つめ、それから、やさしい口調《くちょう》で言いました。

「ララ、お願《ねが》いよ。ハリエットのお母さんとわたしを信用《しんよう》してちょうだい。あなたの言いたいことを、わたしたち、ハリエットにちゃんと伝えるわ」

「あのねえ……ハリエットの病気、たぶん、あたしのせいなの。あたしがハリエットにひどいことを言ったからなの」と、ララはつぶやきました。

「あなたがひどいことを言ったって、どういうこと?」

ミス・ゴールドソープとナナは、涙《なみだ》ながらのララの告白《こくはく》をききました。

「もうわかっているのよね、わるかったたって」と、ミス・ゴールドソープが言いました。ナナはだまって、ララの手をさすっていました。

「ハリエット、死んじゃうかもしれないわ。あたし、ハリエットに会ってあやまりたいの」

「体温計って、とても変《へん》てこなものですからね。ピュッと上がったかと思うと、ピュッと下がったり」と、ナナが言いました。「だいじょうぶ、ハリエットはそのうち、かならずもとどおり、元気になりますよ」

ララが気をうしなったときいて、オリヴィアはジョージに留守番《るすばん》をたのみ、ララの見舞《みま》いにかけつけました。ララの青ざめた顔にはげしいショックを受けて、オリヴィアは言いました。

「ハリエットはもうだいじょうぶよ。心配しないでちょうだい」

「ほんと？　よかった！」と、ララはホーッとため息《いき》をつきました。「お願《ねが》い、ハリエットに伝えてちょうだい。あたしがとても後悔《こうかい》してるって。病気がなおったら、予定どおり、インター・シルバーを受けてって、そう伝えてほしいの。あのう、ハリエット、インター・シルバーまでになおると思う？」

「たぶんね」と、オリヴィアはコートをぬいで、ベッドのわきにすわりました。「ねえ、ララ、わたしに何もかも話してみない？　話しているうちに、あなたの胸《むね》のうちにわだかまっているもやもやが消えるんじゃないかと思うのよ」

オリヴィアはじつはハリエットからきいて、ふたりのあいだに何があったか、およそのことを承知《しょうち》していたのですが、ララの口から、じかにきくまでは、自分としても、ララを助けることができないだろうと思っていたのでした。

すべてをきき終わったとき、オリヴィアは質問《しつもん》をひとつ、しました。

「新聞に写真がのるって、あなた自身にとってはめずらしいことじゃないのに、ハリエットの写真がのったことが、どうして、そんなに気にさわったの?」

ララは毛布《もうふ》をいじくりながら、小さな声で答えました。

「写真じゃないの、気持ちにひっかかっていたのは。あのいやらしいループ・ジャンプだったのよ……あたし、力を使いきって、ループ・ジャンプに取り組めないんだって、自分に言いきかせてきたんだけど……でも、そうじゃなかったの。ほんとは……」

「ほんとは……?」

「あのねえ、ほんとは……あたしにはループ・ジャンプ、むりだったのよ。うまくできないの、いくら練習しても」

オリヴィアはとびあがって、ララの頰《ほお》にキスをしました。

「ああ、ララ、そのひと言がききたかったのよ。できない、むりだっていうひと言が!」

「どうして?」

「ふくれないでちょうだいね。わたしはスケートのことなんか、何ひとつ、知らないし、あなたは、世界チャンピオンも夢《ゆめ》じゃない名スケーターかもしれないわ。でもね、あなたといっしょにミュージカル・コメディーを観《み》た、あの日から、わたし、あなたが、ループ・ジャンプのことを気に病《や》んでいるらしいって、察《さっ》しがついていたのよ。ミス・ゴールドソープのお話だと、あなたはしばらくスケートをお休みするんですってね。とてもありがたいニュースじゃありませんか。あなたが、先々やりたいのは、スケートばかりじゃないでしょうからね」

ララはつんと顎《あご》を上げて、言いました。「でも、あたし、かがやきたいの。ただのララじゃ、いやなのよ。スケートをやめたら、あたし、この世界で、どうしたらかがやけるの？」

オリヴィアはそそくさとコートのそでに腕《うで》を通しました。

「そろそろ、ハリエットのところにもどらないと。ねえ、ララ、わたしにはスケートのことはよくわからないわ。でもねえ、ちょっとのあいだ、チャンピオンにならなきゃって、考えるのをやめるわけにいかないかしら？　チャンピオンになるか、ならないか、それって、あなたが考えているほどの重大事じゃないのかもよ」

16　夢《ゆめ》は果《は》てしなく

クラウディアおばさんはララのために、イングランド南東岸の保養地《ほようち》に建《た》つコテージを借りうけました。ハリエット、ミス・ゴールドソープ、そしてナナがいっしょでした。ララのお医者さんは、レッスンはごく短時間にとどめて、体づくりを第一にしなさいと言いました。

お天気のいい日には、ララとハリエットは夕方まで水着《みずぎ》姿《すがた》で泳いだり、砂遊《すなあそ》びをしたり、時のたつのを忘《わす》れてすごし、ふたりとも、こんがりと日焼《ひや》けして、元気いっぱいでした。ララは夜、枕《まくら》に頭をのせると、たちまち夢《ゆめ》の国《くに》というふうで、朝、ナナがカーテンを引いて寝室《しんしつ》に日光を入れるまでぐっすりねむりました。食も進み、細かった手足がたくましくなりましたが、ダイエットをすすめるひとはいませんでした。

ハリエットのほうはあいかわらず、ほっそりしていましたが、ふとらないたちなのだろうと

見きわめたのでしょう、だれも気にしませんでした。

はじめのうち、ハリエットは、ララに気をつかって、スケートのことを話題にしないようにしていましたが、そんな必要《ひつよう》はないのだということがじき、わかりました。むしろ、ララ自身が、スケートのこと、リンクのこと、テストのことを、進んで話題にしたのです。

ララはまず、インター・シルバーのテストのときのハリエットの様子を想像《そうぞう》して、実演《じつえん》して見せました。ララはそのテストを見ていなかったのですが、きんちょうした顔で演技《えんぎ》をするハリエットのギクシャクした物腰《ものごし》を再現《さいげん》して、みんなをわらわせました。いちばん、大わらいしたのは本人のハリエットでした。

体力を回復《かいふく》するにつれて、ララはそれまでの自分のこと、スケートのこと、エキシビションのことを思いめぐらしました。

ある日、ララはハリエットに言いました。

「あたしね、マックスがすすめるまで、インター・ゴールドの受験《じゅけん》、待とうと思うの。ロンドンを遠くはなれた、この海辺ですごしていると、どうして、あんなにあせったのか、ばからしくなってきて。九月にロンドンにもどって、練習を再開《さいかい》しても、ループ・ジャンプは、すぐにはマスターできないかもしれないわ。でも、あたし、もうあせらないつもり。来年の五月まで待ったっていい——今じゃ、そんな気持ちよ」

べつな日、ララは、こうも言いました。「ハリエット、あたし、デイヴィッドおじさんに手紙を書こうと思うの。会社あてに。おじさんからマックスにきいてもらいたいのよ、あたしがインター・ゴールドを受けるのは、いつごろがいいか。来年の五月まで待つほうがいいって、マックスが言ったら、おじさんからクラウディアおばさんに話してもらおうと思うの。たぶん、ふたりがカナダに滞在《たいざい》しているあいだにね」

デイヴィッドおじさんからは、「りょうかい。吉報《きっぽう》を待ちたまえ」と、はしり書きした絵ハガキが送られてきただけでしたが、ある日、電話がかかりました。おじさんが、ジョンソン一家といっしょに、ご当地《とうち》にくるという電話でした。おじさんはララたちのコテージの近くのホテルにジョンソン夫妻《ふさい》のために一週間、部屋を借り、アレクたちのためには八月いっぱい、大型《おおがた》のテントを借りてくれたのです。

一行はその後まもなく到着《とうちゃく》しました。テントの設営《せつえい》には、ララとハリエットも協力《きょうりょく》しました。アレクはすばらしいニュースをもたらしました。プルトンさんがジョージに会って、自分が学費《がくひ》その他の出費《しゅっぴ》をいっさい引きうけるから、アレクを農業大学に進ませたいと言ったのです。アレクが大学を卒業《そつぎょう》したら、市場に出荷《しゅっか》する農場を経営《けいえい》させたい。自分の夢《ゆめ》はついに実現《じつげん》しなかったが、代わりに、だれかの夢《ゆめ》の実現《じつげん》に協力《きょうりょく》できるなら、こんなうれしいことはないと。

「それってね」と、トビーが言いました。「ひとつには、アレクがプルトンさんに、ララの畑で収穫《しゅうかく》したイチゴを進呈《しんてい》したからなんだよ。大粒《おおつぶ》で、あまくて、プルトンさん、すっかり感心してね」

「だったら、トビー、あなたはオックスフォードか、ケンブリッジか、大きな大学で数学の勉強をして、大学の先生になったらいいわ」と、ハリエットが言いました。

その夜はすばらしい星月夜《ほしづきよ》で、みんなで浜辺《はまべ》に出て、パーティーのテーブルを囲《かこ》みました。夕食ができるまでのひととき、ララはデイヴィッドおじさんと波うちぎわを散歩《さんぽ》しました。

「マックス、テストのこと、何か、言ってた?」と、ララはおそるおそるききました。

「ああ」と、おじさんは答えました。「来年までは、テストのことは考えないほうがいいとさ」

ララはいっそうドキドキしながら、次の質問《しつもん》をしました。

「あのう、マックス、ほかに何か言わなかった？」

デイヴィッドおじさんはララの手を取りました。「きみには、ショックかもしれないがね。マックスはきみを、未来《みらい》のチャンピオンに育てようとは思っていないそうだ。きみは、競技《きょうぎ》にのぞむフィギュア・スケーターには向いていないとさ」

ララはショックをかくしませんでした。「でもあたし……どこにでもいる、ただのスケーターで終わりたくないの。ただのララ・ムーアじゃ、いやなのよ！」

デイヴィッドおじさんは、ほがらかなわらい声を立てました。

「もちろん、ただのララじゃないよ。それについても、マックスとぼくはじっくり話しあったんだよ」

「何を話しあったの？」

「マックスはまず、ハリエットのことを持ちだした。マックスはハリエットのうちに、すぐれたフィギュア・スケーターの素質《そしつ》を見ているそうだ」

「すぐれたスケーターの素質《そしつ》？　ほんと？」

「ああ。マックスはね、きみについても、いいことをたくさん、言ったっけ」

「どんなこと？」

「いろいろだよ。その結果、ぼくは、きみのクラウディアおばさんに、マックスの意見を告《つ》げ、きみとハリエットのことについて、ひと晩《ばん》、ゆっくり話しあったんだよ」

「きかせて、どんなことを話しあったの？」

「まず、今後のララ・ムーアのことをね。ララは世界チャンピオンへの道は進まないかもしれないが、もっと彼女《かのじょ》にふさわしい道を進むだろう。つまりね、きみは目ざましい演技《えんぎ》を氷上にくりひろげる、プロのスケーターにこそ、向いていると、マックスは言うんだよ。世界チャンピオンの夢《ゆめ》は、ハリエットにまかせたらいいともね」

ララとデイヴィッドおじさんが焚火《たきび》のところにもどったときには、ごちそうのしたくがすっかりととのって、オリヴィアとナナはスープの味見をしていましたし、ハリエットはきょうだいたちにまじって、カップや紙皿を配っていました。

「やあ、ララ！」と、ジョージがよびかけました。「ハリエットの話じゃ、テストを受けたときのハリエットを再現《さいげん》してくれるそうだね？」

デイヴィッドおじさんからきいた、すばらしいニュースに興奮《こうふん》していたララはうれしさいっぱい、さっそく「テストを受けているハリエット」を実演《じつえん》しました。だれもが、おなかをかかえて大わらいしました。

「もうやめて、ララ！」と、オリヴィアが泣《な》きわらいしながら言いました。「あんまりおかしくて、わたし、スープのお鍋《なべ》をあぶなくひっくり返すところだったわ！」

ララは、オリヴィアのとなりに腰《こし》を下ろして言いました。

「このスープが魔女《まじょ》のスープで、これから起ころうとしていることが、スープの煮《に》えたち具合《ぐあい》でわかるとうれしいんだけど」

ジョンソン家の末《すえ》っ子《こ》のエドワードが、スープ鍋《なべ》をのぞいて言いました。

「やあ、すごくブクブク煮《に》えたってるよ！　今、うき上がってきた、このニンジン、ハリエットが片足《かたあし》を上げてすべってるところみたいだ！」

「ハリエットが世界チャンピオンになるなんて、わたしには、とても想像《そうぞう》できないわ」と、オリヴィアが言いました。

「あたしには、想像《そうぞう》できるわ」と、ララが言いました。「名コーチ、マックス・リンドブロムの保証《ほしょう》つきなんですもの。マックスが口ぞえすればたぶん、クラウディアおばさん、あたしの代わりにハリエットに、肩入《かたい》れするでしょうよ」

ハリエットには、自分の耳が信じられませんでした。マックス、ほんとうに、あたしに期待しているのかしら？　しかもララは、それを心からよろこんでくれているみたいです。

「何だか、とってもふしぎな気持ち。ララも、あたしも、もうじき十二歳《さい》になるんだけど、あたしたちのどっちにとっても、ものすごくすばらしいことが起ころうとしているようで……」

ララの胸《むね》も、希望に高鳴っていました。プロのスケーターという夢《ゆめ》が実現《じつげん》するには、きびしい訓練《くんれん》を受けて、苦手のフィギュアもいずれ、ちゃんとマスターしなくちゃいけないだろうけれど、でも、せいいっぱい、努力《どりょく》しよう。ひとたび、最後《さいご》の関門《かんもん》を乗りこえたら、あとは好《す》きなだけ、フリー・スケーティングが楽しめるでしょう。氷の上を思いきり自由に、楽しくとびまわれるんだわ、拍手《はくしゅ》と歓声《かんせい》のうずの中で！

「煮《に》えろよ、煮えろ、魔女《まじょ》のスープ！　グツグツ煮えたて、月夜のスープ！　ハリエット・ジョンソンとララ・ムーアのために！」

「ガズル、ガズル、ガズル、グワッ、グワッ、グワッ！」と、ジョージをふくめて、全員が唱《とな》えたのでした。

訳者あとがき

『ふたりのスケーター』は、イギリスの作家ノエル・ストレトフィールド（一八九五―一九八六）の作品群《さくひんぐん》であるバレエ・シューズ・シリーズの一冊《さつ》として、一九五一年に出版《しゅっぱん》されました。

『ふたりのスケーター』という題からも察《さっ》しがつくように、この本は、リンク通いをする二人の少女の成長《せいちょう》の物語です。ヒロインの一人のララの生まれる前の出来事から書きおこされ、それと並行《へいこう》するように、もう一人のヒロイン、ハリエット・ジョンソンの両親のこと、兄さんたちのこと、変《か》わり者の伯父《おじ》さんのことまでくわしく記されています。

どうやらララとハリエットのそれぞれの家庭の事情《じじょう》が二人の友情《ゆうじょう》に密接《みっせつ》に関《かか》わっているようですから、ずっとさかのぼって、ララとハリエットが生まれる前のことから、かいつまんで書いてみます。

すぐれたスケーターだった両親を氷上の事故《じこ》で失ったララは、お父さんの妹のクラウディア叔母《おば》さんに引き取られました。叔母さんはお金持ちで、亡《な》くなったお兄さんをたいそう誇《ほこ》りにしており、お兄さん夫婦《ふうふ》の忘《わす》れ形見《がたみ》である姪《めい》のララを世界チャンピオンに育てあげることこそ、後見人《こうけんにん》である自分の義務《ぎむ》だと思いこんでいました。

赤ちゃんのときからララを育ててきたばあやのナナも、スケート中心で学校に通う暇《ひま》もないララの教育にあたってきた、家庭教師《かていきょうし》のミセス・ゴールドソープも、ララの将来《しょうらい》についての叔母《おば》さんの強い思い入れに口出しすることはできなかったのです。

ララのリンク通いは、よちよち歩きのころに始まりました。フェンシングの道場やバレエの教室にも行きますから、ララには遊ぶ暇《ひま》がありませんでした。学校に行かずに家庭教《きょう》師《し》から勉強を教わるようになったのも、スケートに集中するためでした。

家とリンクを往復《おうふく》するのがせいいっぱいで、ララには友だちがいませんでした。そんなある日、ララがスケート・リンクでほぼ同じ年ごろの少女、ハリエットと出会ったのは、たいへん幸運なめぐりあわせだったのです。

ハリエットの家庭は、ララとは大違《おおちが》いでした。お父さんのジョージはあまりパッとしない青果店《せいかてん》を営《いとな》んでいました。ハリエットがスケート・リンクに通うようになったのも、学校通いさえ、無理な、病後のひょろひょろの脚《あし》が丈夫《じょうぶ》になるようにというお医者さんの思いつきでしたし、スケート靴《ぐつ》もリンクの貸《か》しスケート屋からの賃借《ちんが》り。その借り賃も兄さんのアレクが新聞配達《はいたつ》のアルバイトをして捻《ひね》りだしてくれたのです。

リンクで出会ったララに引きまわされるうちに、ハリエットはアイス・スケートが大好《だいす》きになりました。気むずかしいクラウディア叔母《おば》さんも、ハリエットのお父さんが自分の夫（ララの気持ちをよく理解《りかい》してくれるデイヴィッド叔父《おじ》さんです）の中学の同級生だったことを知って、いっしょにミセス・ゴールドソープの授業《じゅぎょう》を受けさせたら、ララの励《はげ》みになるのではないかと考えたのです。

いっぽう、リンクでは、クラウディア叔母《おば》さんからララの指導《しどう》を託《たく》されているコーチのマックス・リンドブロムがハリエットに目をかけてくれました。

ララが週に一度通うバレエ教室とフェンシング教室でも、お供《とも》のハリエットに先生が関《かん》心《しん》をいだき、ララの相手をさせました。

ララの世界も、ハリエットとのつきあいのおかげで広がっていました。大家族のジョンソン家に招《まね》かれて、その飾《かざ》らない雰囲気《ふんいき》に馴染《なじ》むうちに、ララは家庭の味わいを知りました。からかったり、からかわれたり、ゲームに勝てば誇《ほこ》らしく、負ければ、次の機会《きかい》にはもっとうまくやって見せると意気ごむというふうで、ララは生まれて初めて、大家族の温かさ、楽しさを知ったのです。

ハリエットも変《か》わりはじめていました。スケートを始めていらい、見違《みちが》えるように健康《けんこう》になり、コーチのマックスの勧《すす》めで受けた初級のテストに合格《ごうかく》したのがきっかけで、さきざき、競技会《きょうぎかい》に出場するスケート選手《せんしゅ》を目指せたらという希望をひそかにいだくようになっていたのです。

そのころ、ララは叔母《おば》さんの思いつきでアイスショーに出演《しゅつえん》して、華《はな》やかな氷上デビューを果《は》たしました。ただ困《こま》ったことに、盛大な拍手喝采《はくしゅかっさい》を浴《あ》びたその夜いらい、ララはともすれば気分に任《まか》せて氷上を跳《と》びまわり、地道な訓練《くんれん》をおろそかにするようになってしまったのです。

国際競技《こくさいきょうぎ》大会に出場する選手《せんしゅ》になるには、コツコツと叩《たた》きあげるような地道な訓練《くんれん》が欠かせません。練習を怠《なま》けるようになったララはインター・シルバーという重要《じゅうよう》なテストをしくじって、二度目の挑戦《ちょうせん》でようやく通過《つうか》したのですが、期待した高い点数はもらえませんでした。

いっぽう、ハリエットはマックスに励《はげ》まされて、ララの後を追うように初級、中級のテストをつぎつぎに通過《つうか》しました。

ララのほうはシルバーという高度のテストを目指すことになったのですが、練習不足がたたって落第、生まれてはじめて、苦い挫折感《ざせつかん》を味わいました。

ハリエットもララの落ちこみよう、その結果《けっか》のいらいらに気づかないわけではなかったのですが、あまり気に病まないほど、自分の練習に打ちこんでいたのです。

そんなハリエットの姿《すがた》がリンクを訪《おとず》れた新聞社のカメラマンの目に留《と》まりました。たった一年半ほどで、将来《しょうらい》を期待される進歩ぶりだと消息通《しょうそくつう》に聞いて、カメラマンは「期待の新人スケーター」という見出しで大写しの写真を夕刊に載《の》せました。気分の乗らない練習のあげく、たまたまその夕刊《ゆうかん》を見たララはカッとなりました。

「あなたがこの先もテストを受けるつもりなら、あたし、クラウディア叔母《おば》さんに言うつもりよ。あなたとなんか、スケートも、勉強も、もういっしょにやりたくないって！」

友情《ゆうじょう》の危機《きき》を乗りこえさせてくれたのは、お医者さんのフィリップソン先生をはじめ、大人たちの理解《りかい》と同情《どうじょう》でした。それにララにとっても、ハリエットにとっても、アイス・スケートはひとしく大切な生きがいとなっていたのです。

ノエルという名前からも察《さっ》しがつくように、ノエル・ストレトフィールドは十九世紀の終わり近くのクリスマス・イヴに生まれました。お父さんは村の教会の牧師《ぼくし》で、ノエルは六人姉弟の上から二番目。「醜《みにく》いアヒルの子」とアンデルセン童話を引き合いに出して自伝に書いていますが、信仰《しんこう》のあつい家庭の雰囲気《ふんいき》からはみだしがちだったようで、女学校を卒業《そつぎょう》すると演劇《えんげき》学校に進み、地方巡業《じゅんぎょう》の劇団《げきだん》に所属《しょぞく》して海外巡業を重ね、故郷《こきょう》の家にはめったに戻《もど》りませんでした。

その後、方向転換《てんかん》して、それまで経験《けいけん》してきたことを題材に小説を書きはじめたところ、とくに子どもを主人公に書いたものが好評《こうひょう》で、そのうちの一冊《さつ》、『サーカスきたる』で一九三八年に、すぐれた児童書に贈《おく》られるカーネギー賞《しょう》を受賞しました。『ふたりのスケーター』は一九三七年のデビュー作『バレエ・シューズ』から十四年後の作品です。家庭にたいする、また家族にたいする、深い思いがこめられているという印象《いんしょう》を受けます。

物語に愉《たの》しい挿絵《さしえ》を添《そ》えているリチャード・フロースは一九〇一年にドイツのエッセンで生まれ、ドイツ国内の画学校を転々とした後、ワイマールのバウハウスで色彩理論《しきさいりろん》を学びました。やがてグラフィック・アーティストとして名をあげ、一九三六年にアメリカに渡《わた》り、アメリカ国籍《こくせき》を取得《しゅとく》してニューヨーク州に居住《きょじゅう》しました。
ユーモアに富《と》んだ、活き活きとした画風は、本書に楽しい雰囲気《ふんいき》を添《そ》えています。

二〇一七年一〇月

中村《なかむら》　妙子《たえこ》

解　説――ハリエットとララが練習していたフィギュアスケートについて

音楽にあわせて氷の上で美しく舞《ま》い、ジャンプやスピンなどの技《わざ》を競《きそ》うフィギュアスケート。現在は、ショート・プログラム（2分40秒）、フリースケーティング（4分）の二種目の合計点を競《きそ》う形でおこなわれています。

スポーツ競技《きょうぎ》としてのフィギュアスケートは、氷の上に図形（フィギュア）を描《か》いてすべることから、その名が付きました。一九九〇年までは、描《か》かれた図形の精度《せいど》を競うコンパルソリー・フィギュアという種目が、男子シングルと女子シングルで行われていました。物語の中でハリエットとララが、テストを受けるために練習していたのは、コンパルソリー・フィギュアの課題です。

●コンパルソリー・フィギュア（規定《きてい》）

物語の舞台《ぶたい》となった一九五〇年代当時は、ひとつの図形を6回（左右の足で3回ずつ）

まったく同じようにすべる種目でした。氷の上のトレース（すべった跡《あと》）がぴったり重なっているか、正しい姿勢《しせい》で図形を描《か》けたかを6点満点《まんてん》で競《きそ》ったのです。スケートの技術《ぎじゅつ》をみがく大切な種目ですが、たいへんな集中力が必要《ひつよう》です。自由にのびのびすべりたいラが苦手だったのも、わかりますね。

●バッジテスト

物語には、初級、ブロンズ、インター・シルバー、シルバー、インター・ゴールド、ゴールドというテストが出てきました。これらは、競技会《きょうぎかい》に出る資格《しかく》をとるための試験《しけん》です。日本ではバッジテストとよばれ、初級から始まって1級～8級までのクラスがあります。

そのほかに、物語に出てくるフィギュアと動作を紹介《しょうかい》しましょう。

●スプレッド・イーグル（96ページ）

つま先を180度外側《そとがわ》に開いた状態《じょうたい》で、体をまっすぐに保《たも》ちながら大きくカーブ（弧《こ》）を描《か》く、フリースケーティングの動き。

●ブラケット（99ページ）

カーブをしながら、円の外側《そとがわ》に体をひねって片足《かたあし》でおこなうターン。氷からエッジを浮《う》かせずに、カーブで曲がる方向と反対にくるっとエッジを回す。テストの時には、直径《ちょっけい》が身長の3倍のサークル（円）を描《か》きながら、ブラケットをおこなう。

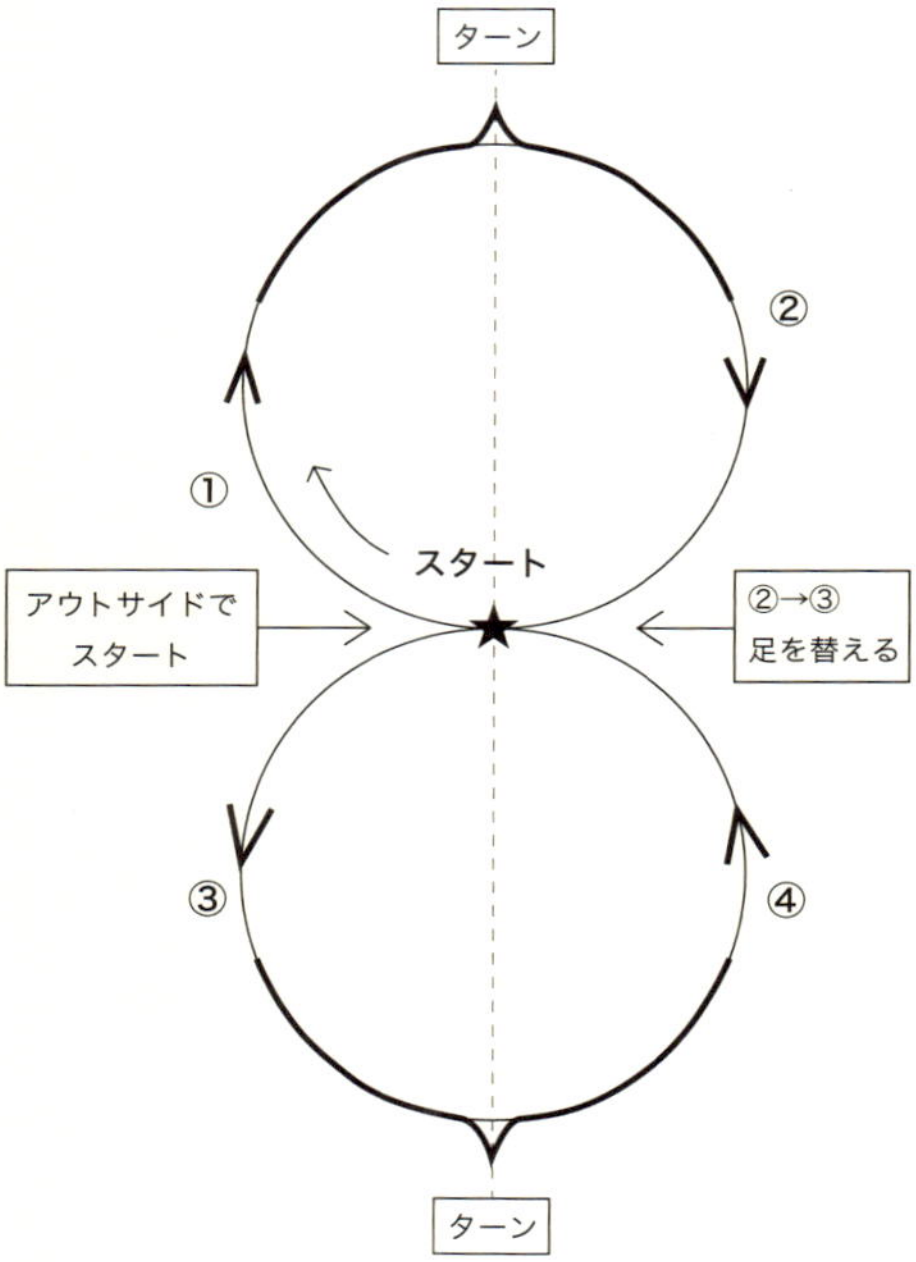

●フォワード・インサイド（118ページ）

エッジの内側《うちがわ》に体重をのせて前へすべる（前進する）。

●ループ

直径《ちょっけい》が身長大のサークル（円）を描《か》きながら、足を替《か》えずに、円の途中《とちゅう》でくるりと小さなループ玉（輪《わ》）を描く。ループ玉の幅《はば》はループ玉の長さの3分の2。

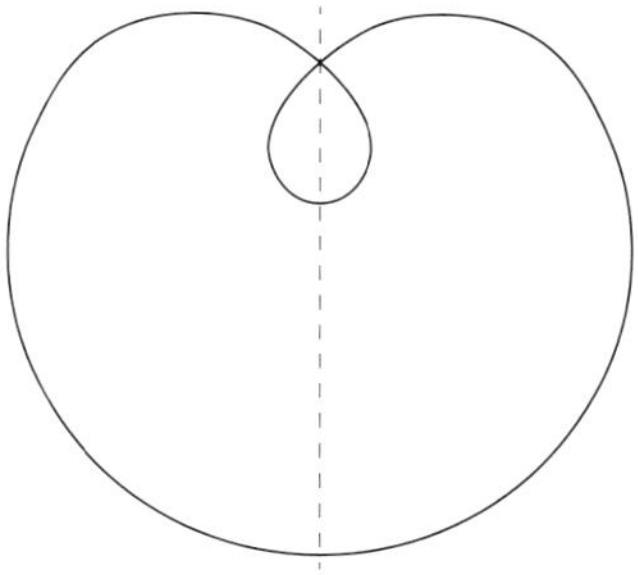

●チェンジ・エッジ・ループ（148ページ）

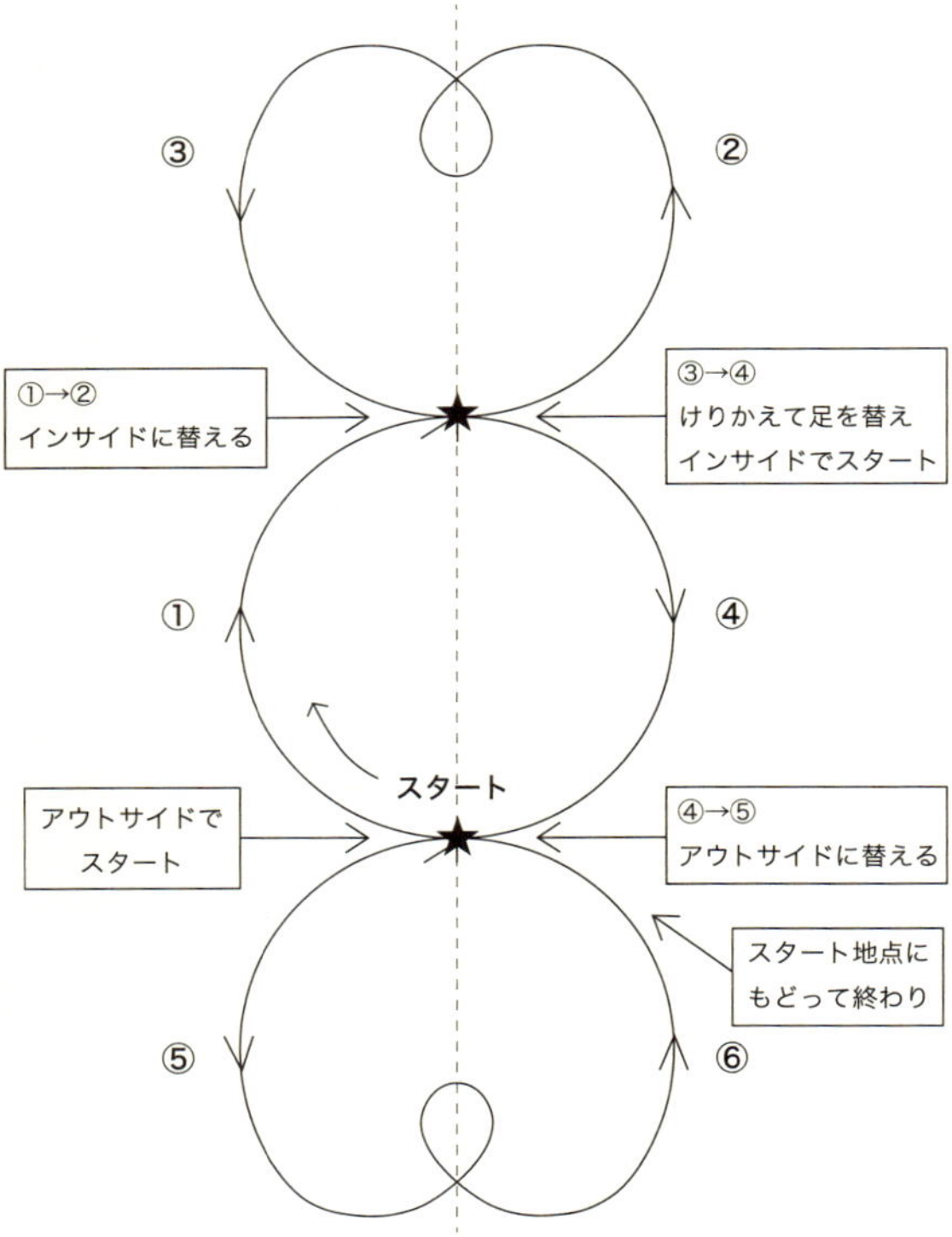

３つのサークルを描《か》きながら、サークルの両端《りょうたん》で内側《うちがわ》にループ玉を描く。外側《そとがわ》（アウト）のエッジですべり始め、内側（イン）と外側（アウト）のエッジを使い分けて図形を描く。ララがうまくできなかったのは、②→③→④の部分だったようですね。

＊　　　＊

本作品に出てくるスケート用語の使い方と本解説については、神宮外苑アイススケート場ヘッドコーチ樋口豊《ひぐちゆたか》先生が、お忙しい中、大変丁寧にご指導くださいました。また、太田由希奈《おおたゆきな》先生にもお世話になりました。心から感謝申し上げます。

（出版部記）

著者　ノエル・ストレトフィールド（Noel Streatfeild）

1897年、イングランド・サセックス州出身。英国王立アカデミー演劇学校卒業後、女優を経て著作に専念、大人向けの小説家から、児童小説家となる。職業的訓練を受ける少年少女を描いた初期作品により、「職業小説」の創始者とされる。1986年没。

邦訳書　『バレエ・シューズ』、『サーカスきたる』、『家族っていいな』、『映画に出た女の子』、『大きくなったら』（いずれも中村妙子訳、すぐ書房）『ふたりのエアリエル』（教文館、中村妙子訳）ほか。

画家　リチャード・フロース（Richard Floethe）

1901年、ドイツ・エッセン州出身。ウィーン総合造形工芸学校バウハウスとドルトムント芸術学校で学び、1928年、ケルン国際博覧会で大壁画制作を担当。その後、アメリカへ渡りハロルド広告代理店のアートディレクターを経て、1930年にフリーランスのイラストレーターとなり、大人と子どものための多くの絵本を制作。アメリカを代表するグラフィックアーティストとしても活躍、新しい印刷技法シルクスクリーンの普及促進を助けた。1988年没。

代表作　*The Glorious Adventures of Tyl Ulenspiegl* (1934), *Pinocchio* (1937). 妻ルイス・リー（Louise Lee）の文に夫リチャードが絵を描いた絵本作品が多数あるほか、ストレトフィールド作品のアメリカ版の挿絵を多く手がける。

訳者　中村妙子（なかむら・たえこ）

1923年、東京に生まれる。1954年、東京大学文学部西洋史学科卒業。翻訳家。児童文学、C．S．ルイスの著作と評伝、A．クリスティー、R．ピルチャーなどの小説、キリスト教関連書など約250冊の訳書がある。

著　書　『旧約聖書ものがたり』（日本キリスト教団出版局）

共　著　『三本の苗木――キリスト者の家に生まれて』（みすず書房）ほか。

訳　書　リンドバーグ『翼よ、北に』、バーネット『白い人びと――ほか短篇とエッセー』（ともにみすず書房）ほか、児童書では、『サンタクロースっているんでしょうか？』、ムア／テューダー『クリスマスのまえのばん』（ともに偕成社）、マクドナルド『北風のうしろの国』（早川文庫）、バーネット『消えた王子』（岩波書店）、ネズビット『鉄道きょうだい』、ストレトフィールド『ふたりのエアリエル』（ともに教文館）、バニヤン『危険な旅――天路歴程ものがたり』（新教出版社）ほか。

ふたりのスケーター

2017年11月20日　初版発行

訳　者　中村妙子
発行者　渡部　満
発行所　株式会社　教文館
〒104-0061 東京都中央区銀座4-5-1
電話 03(3561)5549　FAX 03(5250)5107
URL http://www.kyobunkwan.co.jp/publishing/
装　丁　桂川　潤
印刷所　モリモト印刷株式会社
配給元　日キ販　〒162-0814 東京都新宿区新小川町9-1
電話 03(3260)5670　FAX 03(3260)5637

ISBN　978-4-7642-6730-5　Printed in Japan